———— 阅读之前 没有真相

午 夜 文 库

代号D机关
第四部 Last Waltz

［日］柳广司 著
樱庭 译

新星出版社　NEW STAR PRESS

目录

1	瓦尔基里
83	舞会之夜
125	潘多拉
159	亚细亚号特快列车

瓦尔基里 ————

夜晚，两名男子在大街上竭力疾驰——

每每从清冷闪烁的路灯下飞奔而过，这二人的身影便乍现在灯光下，旋即又没入黑暗之中。耳边只听得石板路上传来阵阵脚步声。

他们同时冲进楼房之间的狭窄甬道，藏身于隐蔽之处。

其中一名男子从藏身之所悄悄探出头，窥视着大路上的情况。他五官深邃，是一副东方人鲜有的贵族面孔，有二十来岁。一头黑发服帖地向后梳拢，上唇胡齐整有型。身着人字呢西装三件套，头戴一顶软呢帽，穿戴得无可挑剔。

气喘吁吁瘫坐一旁的却是名金发碧眼的年轻人。典型的日耳曼人样貌。他比东方人略小几岁。柔软蜷曲的刘海紧紧贴在额前，破裂的唇角渗出了血，脸颊上似有遭受过殴打的伤痕。衬衣上的纽扣少了几颗，仿佛被人强行扯掉了。

确认没有追兵后，东方人转过头问金发年轻人：

"斯蒂芬，你怎么样？"

"咳，我没事。我们德意志人是极其坚忍的。"

那名被唤作斯蒂芬的年轻人强行挤出一丝笑容。

"话说回来，我曾经一心以为东乡你必定背叛了我。只要出卖我——出卖德国，至少对身为日本人的你有所助益。"

"我们日本人是重情重义的民族。"

东乡睁一目眇一目，揶揄般地说道。

"你救过我一命。我怎么会弃救命恩人于不顾呢。"

东乡发觉斯蒂芬的胳膊还在淌血，于是从口袋里拿出手帕，为他包扎伤口。

"你扛住了他们的严刑拷打。"

包扎完伤口,东乡对斯蒂芬说道。

"亏你咬牙坚持下来,才能救你脱身。我对你刮目相看了。"

"彼此彼此。"

臂伤痛得斯蒂芬一下子皱起了眉头。

"东乡,你放倒看守的本事也不赖。用的是日本武术吗?"

东乡摆了摆手,仿佛这是不值一提的小事。

"穿过这条大路,前面就是国境。我方的营救部队在那里待命。胜利在望了,我们走吧。"

说着,东乡向斯蒂芬伸出手。

斯蒂芬握住东乡的手,突然发现地上有张照片。好像是刚才东乡掏出手帕的时候,从他口袋里掉出来的。捡起一看,照片上是一位美丽的黑发日本女子。翻过照片,只见背面写有"光子"两个字。

东乡从斯蒂芬的手中拿回照片,羞涩地浅笑道:

"她是我的未婚妻。等我一回国就完婚……"

他还没有说完,突然,大路上灯火通明。二人反射性抬起头,眯起了双眼,手搭凉棚挡在额前,环顾四周。

"你们被包围了!"

从亮处传来一个声音。

"反抗也是白费力气。死了这份心,给我滚出来!"

"可恶,没想到在这儿埋伏呢……"

东乡咬着嘴唇,低声说道。

他四下张望,无意中被一家店铺的后院吸引了目光。

经营油料的店铺后院中堆放着几个罐子,上面写有"危险汽油"的字样。

东乡的目光落在方才从斯蒂芬手中拿回的照片上。而后，他抬起头，下定决心般地看向斯蒂芬。

"我去引开那伙人。你趁机穿越国境，投奔我军。"

说着，东乡从怀中拿出一枚酒壶形的小型炸弹，冲着汽油罐抬了抬下巴，向斯蒂芬传达作战计划。

"别胡说……这么一来，你必死无疑。"

"这是为了德日两国的未来。"

东乡斩钉截铁道。

"若是你我二人在此双双被抓，还有谁能把敌人的险恶用心传递回国呢？我们必须有一个人活下来，把情报带回去。这是拯救德日两国未来的唯一希望。"

"那么，就由你出境吧。"

斯蒂芬严肃地反驳道。

"我去引开他们，你趁机……"

"不成。"

东乡摇摇头，说道。

"你曾经救过我一命。这一次，轮到我报恩了。"

"可是，东乡你还有未婚妻啊。"

"光子就拜托你了。"

东乡扶着斯蒂芬的肩头，微笑着说道。

"她应该能够理解我为国尽忠。我把她托付给你了。"

说罢，斯蒂芬还没来得及阻拦，东乡已然转身奔向大路。

忽然，照明灯刺眼的光无情地映出东乡的身影。

"开枪！开枪！"

敌方指挥官的命令一下，机关枪交叉火力向东乡袭去。东乡在枪林弹雨中左避右闪，不停地奔逃。而后，只见他从怀中掏出小型炸弹，丢向那堆汽油罐。

伴随着惊天动地的爆炸声，巨型火柱直刺夜空。斯蒂芬紧紧贴在石墙上，以此抵挡爆炸的冲击。

他探头一看，大路上已经乱作一团。照明灯悉数遭到破坏，身穿敌军军服的家伙们东奔西跑，试图扑灭四处蔓延的火势。但就是无法找到东乡的身影。

斯蒂芬懊悔地死死咬着嘴唇。他发现自己的口袋里不知道什么时候被塞进一张照片。那是东乡未婚妻光子的照片。也许是方才东乡扶着斯蒂芬肩头的时候，悄悄放进他口袋里的吧。

"东乡，你不会白白牺牲的。"

斯蒂芬低喃着，随后毅然决然地昂起头，背对着混乱的现场飞奔而去。他的身影没入黑暗中，很快消失不见。

1

柏林市中心，威尔海姆街。

在老牌酒店凯撒霍夫的大厅内，日德双方共同举办了一场盛况空前的宴会。

它同时也是一部新电影的首映式，大厅内高朋满座，来宾尽情享用着美味佳肴。会场的一隅有弦乐四重奏的现场表演，出演电影的女演员也被动员担任服务生的角色，为这场宴会锦上添花。

逸见五郎巡视着会场，心满意足地眯起了双眼。

出席宴会的女性大多身着颜色艳丽的低胸礼服，而男性的服装则是朴素的褐色西装——人们私下称之为"元首服"——和醒目的灰色纳粹制服。拜其所赐，会场的气氛有些拘谨，但为局势所限，这么做也是迫不得已。

毕竟这个国家身陷战火之中。

今年九月开战以来，不仅仅是首都柏林，德国主要城市都实施严格的灯火管制。太阳下山之后，街道一片漆黑。建筑物的窗子全部挂着厚重的双层窗帘，以防灯光外泄。酒水自不必说，连日常食物都实行了配给制度。如今，这处举办奢华宴会的酒店仿佛异时空的桃源仙境一般。

他抬起头，斜斜地仰视身旁的墙壁。

巨大的太阳旗和纳粹党旗威风凛凛地悬挂在宴会会场正面最醒目的地方——

"希特勒万岁！"

逸见轻举酒杯，口中调笑般地呢喃道。随后，只听得身后有人突然用日语和他打招呼。

"东乡先生？您是善·东乡先生吧？"

他大吃一惊地回过头，只见一名日本青年站在身后。中等身材，一身素净的灰色西装。五官虽然端正，相貌却毫无特征，令人容易淡忘。白净的面庞激动地泛着潮红。

"抱歉，你认错人了。"

逸见冷淡地回应道。

"什么？哎呀，对不起。我还以为一定是……"

那名青年手足无措、支支吾吾的样子令人心生怜惜。逸见对他眨了眨眼睛。

"'善·东乡'是新电影中人物的名字，大银幕之外还是叫我逸见五郎吧。"

说着，他豪爽地笑起来。

青年霎时瞠目结舌地眨了眨眼，随即恍然大悟。"哎呀，是这么回事呀。我懂了。"他嘟囔了一句后,又把签字板递给逸见。

"可以请您签个名吗?"

"没问题。"

逸见随手接过签字板,从无尾礼服的内袋中拿出心爱的钢笔。

"要写上'致某某'吗?"

"可以吗?好开心啊。烦请您写'致雪村幸一'。空中飘雪的'雪',村子的'村',幸福的'幸'和一个的'一'字。"

"雪村先生,你喜欢这部新电影吗?"

"当然喜欢!这部电影棒极了!"

"你最喜欢哪个情节呀?"

让我想想看——雪村歪着头再三思索,最后回答道。

"首先,我觉得剧本写得很好。比如,电影刚一开始有个场景,东乡拿着银色的酒壶,打算倒酒却又露出了苦涩的微笑。一直贴身带着的酒壶实际上是间谍用的道具之一——小型炸弹。谁能想到这个桥段在电影的最后,能以那种形式和整个故事串联起来了呢。看到结尾,不禁令人拍案叫绝。"

逸见把签好名的签名板还回去,颇感意外地再三打量起对方。没想到他能注意到这处伏笔,看来他不是个糊涂人。见逸见眯起了眼睛,雪村多半会错了意,急忙慌张地补充说道:

"当然了,演绎出善·东乡这个日本间谍的冷酷感,逸见先生您的演技也是无可挑剔、精彩绝伦的。还有……"

逸见轻轻摆手,打断了雪村的奉承。

不知不觉间,身旁围出一道人墙。几个人把分发给与会者的电影宣传册样本递给逸见,请他签名。

逸见爽快地答应着,不着痕迹地认真听取人们随口谈论的观后感。当他确认这些感想大多是好评时,不禁松了一口气。

日德双方共同制作的新电影《间谍双雄》——德语片名是 *Die Zwei Spionen*——剧情如下:

主角是大日本帝国陆军间谍善·东乡,以及德国陆军派遣的年轻间谍斯蒂芬·施瓦茨。因缘际会,潜入敌国的二人发觉对方是日德两国军方派来的间谍。起初,二人彼此对立。在金发碧眼、无可挑剔的德国青年斯蒂芬看来,接受派遣、远渡重洋的东方人东乡似乎忘记了肩上的重任,是个终日沉溺于美色的"懒骨头"。不出所料,东乡落入敌方女间谍设下的圈套,几乎命丧黄泉。而化解这场危机,解救他的人正是斯蒂芬。其间,斯蒂芬听说东乡沉溺美色的举动实际上是为了获取情报所做的伪装,这才与他冰释前嫌。二人齐心协力,最终查清敌国的狼子野心。但斯蒂芬随后落入敌手,遭到严刑拷问。东乡趁敌人不备,营救出斯蒂芬。二人连夜疾驰奔走,眼看就要抵达国境,却遭敌军包围。再这样下去二人都会被捕,东乡对此心知肚明,故而将一切托付于斯蒂芬,舍生赴死——

"我还以为两个人都会牺牲呢,看得我提心吊胆。"

一位身着深红晚礼服的丰腴的德国中年女性高声说道。

"所以不禁手心捏了一把汗。"

她兴奋地说着,激动地挥着手,杯中酒几乎要洒出来了。

"我倒觉得东乡这种男人会千方百计地活下来。"

体态匀称的德国男子边说边皱了皱眉头,看上去颇有实业家的风范。他拿下口中衔着的香烟,向逸见问道:

"东乡的未婚妻叫光子,对吧?那名日本女子后来怎么样了,和施瓦茨结婚了吗?"

"可能结婚了。也可能没有吧。"

逸见恭敬地答道。

"什么？这话是什么意思？"

"电影的余韵就留给各位观众慢慢回味吧。"

逸见举起酒杯，微微一笑，露出了整齐洁白的牙齿。

"之后发生了什么，任凭各位自由想象。这也是观影的乐趣之一呀。"

"哼，是吗？"

男实业家仿佛上当受骗似的，满腹狐疑地又叼起了香烟。

他的女伴是名清瘦的妇人，她目不转睛地看着逸见问道：

"您看上去比剧中角色的年纪大些，实际贵庚呢？"

"就当我二十八岁好了。"

"这是这部电影的主角善·东乡的人物设定年龄吧？我想请教的是您的实际年龄。"

"真是伤脑筋呀。"

逸见苦笑着环顾四周。

聚集在身旁的人全部一脸期待。

"哎呀，诸位，这个秘密不可外传呀。"

逸见招招手，聚拢人墙，靠近过去低声轻语。

"实际上我已经快三十五岁了。"

"真的吗？"

"原来三十五岁了呀。"

"电影演员看上去果真比较年轻。"

"还是说日本人都显得比较年轻呀。"

得知"不可外传的秘密"的人们心满意足，聊得尽兴。

逸见轻啜一口德国产的甜白葡萄酒，在被盛赞为好似"克拉克·盖博"的优雅胡子下忍住了苦笑。

事实上，他已是不惑之年。

可是，真实年龄究竟有什么意义呢？

电影是谎言的艺术。它的本质在于看到投映在大银幕上的光影，观众们做何感想、有何感受。大银幕之外的"事实"毫无意义——

这既是逸见的原则，也是个人信念。比如，饰演斯蒂芬的库尔特·费雪，演技无人能及，却是个胸无点墨的家伙。

"间谍啊，真是令人向往……"

身着亲卫队灰色制服的德国青年情不自禁地低叹一声。他抬起头，发觉周围的人听到了他的自言自语，慌忙摆摆手。

"开玩笑的，我只是开个玩笑。我这种人没有胜任间谍的本事。而且我，怎么说好呢，可不像电影里出现的斯蒂芬那么帅气潇洒。"

他刚从元首青年团得到晋升，年纪轻轻却体格魁梧，一张稚气未脱的脸上痘痕尚存，颇为抢眼。的确很难夸赞他是吸引女性目光的"美男子"。

"我说你呀，难不成真以为电影里的角色演的就是现实生活中的间谍吗？"

逸见半开玩笑地询问那名青年。

"什么？难道不是吗？"

"虽然我这个亲自扮演间谍的人说这话有点不合适。"

逸见难为情地说道。

"为了扮演此次的电影角色，我请教了很多细节，真正的间谍似乎不是我演的那个样子，也不是斯蒂芬那样的美男子——说起来，能成为间谍的人似乎本就不能魅力四射。"

"间谍吗？"

"不能是美男子吗？"

周围的听众听到逸见的高论时，不禁讶异地面面相觑。

"诸位请听我说。"

逸见环顾四周，夸张地举起手，引得四周的注意后说道。

"间谍从事的是什么样的工作呢？首要任务是在对方不知不觉之中，窃取机密情报，将其暗中传递回国。所以，真正的间谍不能太引人注意。无论身在何处都光芒四射的美男子实际上并不适合这份工作。'隐匿行踪''暗度陈仓''无可置疑'，这些都是真正的间谍需要遵守的铁律。可是……即便如此，不过……"

逸见渐渐压低声音，中断了话题，一脸凝重地陷入沉默。

周围的人不由得探过身，全神贯注地期待下文——逸见抬眼确认了大家的反应后，轻吐一口胸中闷气。

"不过，这样拍成电影就太没意思了。"

他耸耸肩。

"无论真正的间谍多么低调，把这样低调人物的暗中行动拍成电影可没什么意思。谁会特地掏钱看这种电影呢？所以，电影中的间谍都是视死如归、身怀绝技的人，当然还得受女性青睐。必须要这样设定人物。为什么呢？因为观众们都希望间谍魅力四射。是的，电影是属于观众的产物。鄙人在此感激诸位侧耳细听。"

逸见的右手戏谑似的画了一圈后施了一礼。见他如此，听众之中传来一阵轻笑。还有人报以掌声。

人群之中，唯有方才那名身穿亲卫队制服、一度表示"憧憬间谍"的青年依旧兀自纳罕。

"也就是说，我也可以胜任间谍一职吗？"

"我也不清楚呀。"

逸见眯起眼，仔细打量对方说道。

"至少只要你穿着这身制服就不能干这行吧？怎么说好呢，这身有点扎眼。当然啦，你穿这制服很相配。"

"很配我？真的吗？"

青年眨眨眼睛，低声自语。他似乎不太确定逸见话中的实意，不知道是喜是忧。

"是啊，说起真正的间谍……"

逸见环顾四周，目光被一名听众所吸引。

他竟然还在此处。逸见大吃一惊。

"搞不好他这种人就是真正的间谍。"

逸见说着，突然指了指第一个向他索要签名的日本青年——雪村幸一。

所有人的目光齐刷刷看向雪村。

"我？我是间谍？"

雪村愕然瞪大双眸，慌忙挥着双手。

"不，我不是。请等一等，我只是来自日本的室内设计师……受邀前来为尚未落成的新使馆做内部装潢。你们觉得我撒谎的话，可以向日本大使馆求证……"

逸见忍俊不禁。

"开玩笑的，我只是开个小玩笑。雪村先生未免太老实了，又不怎么惹人注目，所以，我才忍不住戏弄你一下。若说低调的人就是间谍的话，雪村先生的确非常适合做这行。"

"您饶了我吧。"

雪村板着脸，一副无福消受的模样。

逸见抬起头，扫视了一圈周围的人墙，再度提高嗓音说道：

"各位，请继续尽情享受宴会吧。"

离去之际，逸见的手轻轻环上身旁那位共演电影的年轻女演员的腰肢。

2

只是开个小玩笑啊——

慎重地切断了才刚发现的偷听器配线后，雪村露出一丝苦笑。

熄灯后空无一人的房间，四下散发着尚未干透的油漆气味。为了"将柏林改造成名副其实的新世界之都"，纳粹政权推进大规模城市重建工程"日耳曼尼亚计划"。作为计划中的一环，日本驻德国柏林使馆目前正在重建之中。

新日本大使馆位于柏林市中心的蒂尔加滕公园广场一带，为四层钢筋水泥建筑，其正立面为有"第三帝国样式"之称的独特壮丽设计。工程全部费用由德方承担。

乍看之下，这是个很不错的提案。

然而，无论是设计师还是施工队皆由德方指派。甚至事先未征得日方政府同意，如此一来，日方的确也无法将其作为"大使馆就此入驻"。

"整顿新使馆的防谍体制"——是雪村这名遣德日方间谍所负的任务之一。

护照上印着"雪村幸一"的名字——这自然是化名。

两个月前，他蒙本部召唤，连同护照一起，接收了雪村幸一的"伪造履历"。这份厚重的履历中，不仅记录了本人的出生年月、成长历程、学历教育等表面化的材料，还事无巨细地记录了雪村幸一这个人的亲朋好友等社会关系、着装偏好、说话特点、饮食喜好、言行举止，以及连本人都难以察觉的轻微癖好。

入德前，这份材料在海上被悉数销毁。

他将内容完完整整地记入脑海中。留德期间，他扮成日本民间室内设计师活动并非难事。忠诚老实且默默无闻，雪村幸一便是这样的男人。怎样利用肢体语言、说话节奏、交际时的距离感以及表情，给他人留下这样的印象都不在话下。可出乎意料的是，正因为如此才遭人指出自己是真正的间谍——即便这只是酒后的玩笑话。

检测装置再次出现反应。这次是照明器具。

到底他们要安多少窃听器才肯罢手啊？

雪村皱皱眉，他小心留意着有没有陷阱，慎重地卸掉照明器具上的螺丝……

"绝不能让德方察觉出我方的动向！"

离开日本时，上面再三叮嘱。

这句话原本无须交代。

如今却有刻意强调的理由。

近些年，日本在情报战方面完全落后于德国。说是"受制于德"也不为过。

日德两国在上一场"世界大战"中身处敌对阵营，后经种种排难解纷，三年前签订《日德反共产国际协定》。

反共。

达成"一致抗苏"的共识后，日德决意横跨欧亚大陆缔结同盟，共同对抗苏联的威胁——至少日本政府似乎是这么认为的。

然而，就在今年八月份，纳粹德国政权事先未知会本应"一致抗苏"的日本，便毫无预兆地与苏联缔结《苏德互不侵犯条约》。这个条约形同宣告苏德"互不为敌"。

日本政府与政治家们面对不虞之事——德国的背叛——六神无主，一筹莫展。最后，平沼内阁发表"欧洲局势诡谲莫辨"的荒唐言论后辞职。以他国缔结条约为由挂职去国，在国际政坛上也是前所未闻的怪事。不仅如此——

"日本情报易外泄，令人头疼。"

德方应日本政府要求解释此事时给予如上答复。他们坦然地暴露出近些年德方掌握日本外交机密的情况，并声称："如你们所见，连我们都可以轻易获取这些情报，恐怕也会落入敌手。所以，我方不能事前提供情报给日本。"

那口气似乎在责怪"全是日方的过错"。

纳粹德国原应为日本的"友邦"，"发誓同仇敌忾"。因此，日本的政治家们对其做法愤懑不已，面红耳赤地骂不绝口者不在少数——

但他们似乎骂错了方向。

所谓的国际情报战并不仅限于敌国间进行，反而是友邦间的日常情报更具有重要意义。政治家们在公开场合笑容可掬地握手，暗中却双管齐下，同时动用合法（外交官）与非法（间谍）手段，至少为了尽可能获取有利本国的情报而展开行动——至少在漫长的欧洲史中，这才是名为"外交"活动的本质。

纳粹德国精准地掌握了"友邦"日本的外交方针及机密情报。但对于日本而言，德国对苏、对英战略的实际想法却如堕五里雾中。

在情报战上已是败得一塌糊涂。

然而，事态为何会产生如此天壤之别呢？

日本政府立刻下达召回命令，要驻德大使给出解释。

如今，大使本人应该正在国内接受调查——

找到窃听器后，他切断了配线。

随后，把窃听器放到在桌子上铺开的塑料布上，撒下银色粉末。掸去粉末后，窃听器的表面出现一个螺旋纹线……

这一次，雪村被派遣到柏林的目的不仅是"清洁"使馆建筑。

本次任务还包括"确认并截断情报外泄途径"——即锁定参与机密外泄的人员，找出"德方间谍是谁"，防止对方再度得逞。

在大使的房间内找到窃听器时，雪村已经暗中获取所有出入过大使房间的人员指纹。使馆工作人员自不必说，平日往来的同行以及频繁到访使馆的人员也都在获取指纹名单之列。在宴会上接近逸见五郎并用签名板索要签名亦是做此打算。世人皆知日本大使喜好奢靡，与"被纳粹奉为上宾的影星"逸见五郎交往甚密，常常请他来使馆小坐。

请逸见签名的签名板表面上贴有特殊薄膜。

用采集到的逸见的指纹与窃听器表面的指纹进行对比——

不是他。是别人的指纹。

雪村迅速确认事实后，撇了撇嘴。

其实，他一直不认为逸见是德国间谍——至少不是亲手安装窃听器的激进派间谍。虽然在新电影中，逸见饰演了一位优秀的日本间谍"善·东乡"，但是，正如逸见本人在宴会席间发表的高谈阔论，真正的间谍与电影中出现的恰恰相反。理想的间谍应该是乏味的小人物，仿若无人察觉的影子一般。像逸见那样明目张胆在大银幕中露脸的人，在现实生活中是无法担任间谍一职的——

雪村不禁眉头紧蹙。

说起来，竟然让电影人出入与本国交互密电文的大使房间，这件事本身就很不可思议。

如果要安装窃听器，还会选择什么地方？

他眯起双眼，在脑海中摊开了新使馆的建筑示意图。

突然，他感觉有点不协调。

似乎有哪里不对劲。可是，到底是哪里不对劲呢……

一阵窸窸窣窣的动静令雪村回过了神。

尽管在改建中，但随着业务逐步交接，这座新使馆几近承担起使馆的日常工作职能。然而子时刚过，除了警卫人员外，其他工作人员应该全部回家了。

难道是定时巡检的警卫吗？不对，还不到时间呢。那么，是谁的脚步声呢？

为了探查馆内的情形，作业期间雪村也开着大使房间的门。

脚步声渐渐逼近，昏暗的门口出现一个人影。

来人身穿战壕大衣，头戴软呢帽，敞开的大衣前襟露出人字呢西装三件套。从上到下的打扮无懈可击，宛如在电影中出现的主人公——

雪村小心翼翼地全身戒备，眯起双眼，看清来人是谁时，突然松了一口气。

来人正是逸见五郎。

逸见满面通红，步履蹒跚。空气中的油漆味夹杂着酒精的味道，看来没少贪杯。警卫与他熟识，即便如此，纵容烂醉的平民深夜随意出入处理机要的大使房间，这种情况还是不太正常。

逸见在房间门口停下脚步，扶住墙壁。探头向房间里窥视，他纳罕地歪着头，好像突然想起了什么，口中喃喃低语道：

"对了，如今大使回日本了……"

逸见转头看向雪村，聚焦似的用力眨了两三下眼。一个酒嗝过后——

"我记得你是雪村先生，对吧？难为你工作到这么晚啊。嗝，不过，你也不赖。陪我喝一杯吧。"

他晃了晃手中的褐色纸袋，努力做了一个单眨眼。

酒精类制品应该实行了配给制。不过，只要有门路，总会有办法。也许，他看上了大使珍藏的樱桃酒吧。

"没问题。如果您不嫌弃，务必让我作陪。"

雪村浅笑回应道。

在"清洁中"的现场遭遇醉鬼闹事可如何是好。

雪村几乎推着逸见的背，把他赶出房间，带着他离开使馆，一口气走到大路上。

十二月的柏林，正值灯火管制之中。

天寒地冻——不仅如此，熄了灯的幽暗街道几乎看不到人影，人宛若行走于废墟之中。可是，烂醉如泥的逸见似乎完全没有注意到周围的情况，始终怡然自得。他挽着雪村的手臂，跌跌撞撞地走着，口中不断重复哼唱《飞行的瓦尔基里》的旋律。

"噔，噔啦啦啦，噔，噔，啦啦啦，嗝，噔，噔，啦啦啦……"

曲调严重走音，恐怕连瓦格纳这名作曲家本人都听不出逸见唱的是什么。

路面结冰，脚下极易打滑。雪村揽着逸见的手臂，扶着他迟钝的身体往前走，心中烦闷不已。首先要把逸见送回下榻的酒店，然后才能继续检查……

忽然，他感觉到一道视线，不由得停住了脚步。

环顾四周——

难道是上面！

抬头仰望，余光捕捉到面对人行道的大楼屋顶上有人影一闪而过。

千钧一发之际，雪村把逸见推入建筑物的背阴处，自己反身就地一滚。

一个黑色物体猛地掉落在方才他二人站立的地方。

石板路被它砸个粉碎。

抬头看时，屋顶上的人影早已消失不见了。

雪村听到微弱的呻吟声，大吃一惊，回头看去。

只见逸见仰面躺在建筑物的背阴处。雪村慌忙飞奔过去。

"逸见先生，你怎么样了？逸见先生……"

话音未落，雪村不禁倒吸一口冷气。黑色污迹在逸见的大衣胸口一带渐渐扩散。抱住逸见的手也在不知不觉中被染上血色。

3

"昨夜真是颜面扫地啊！"

一见到雪村，逸见马上双手合十，对他眨了眨眼。

"昨天，天还没黑就和影业公司的领导们喝上了，害得雪村先生受了大惊吓。"

"真是心惊肉跳啊。"

雪村耸耸肩，苦笑着说道。

"我见逸见先生您倒地不起，赶忙抱起来一看，转瞬间胸口染得一片血色，万没想到那竟然是血浆……"

逸见竖起手指摇了摇，对雪村眨眨眼睛。

他不小心把昨天在拍摄时使用的血浆袋留在了口袋里。恰好在摔倒时，血浆袋破了，染得全身是血，甚至把大衣外面染上了颜色。逸见摔倒在地，撞到了头部，痛得呻吟不止。是同行人雪村悉心照料着他。

"不过，幸亏如此，昨夜是不是很惊险刺激，过了一把当电影主角的瘾呀？"

逸见轻轻拍了拍雪村的背部，问道。

"介绍一下，这里就是真正的电影拍摄地。"

打开门，逸见带领雪村走入片场。

他招待雪村来到自己工作的摄影棚中，说起来算是为昨夜发生的事情致歉。

"哇，棒呆了。远远超乎我的想象！"

雪村四下张望，大声赞叹道。

"我曾经想过，既然难得来到德国，一定要亲眼看看著名的UFA片场。没想到承蒙逸见先生的招待……有幸参观这里，不胜荣幸。"

他的眼神如孩童般熠熠生辉。

全球电影股份公司。

简称"UFA"。

它是德国最大的影视基地，占地面积广阔，基地内搭建若干新式摄影棚——设有移动隔断门，可以同时摄制多部电影。引入最尖端的摄影与剪辑技术，无论是规模、资本，还是技术层面，都可以与美国好莱坞并驾齐驱，称其为世界规模最大、最高级的摄影棚也不为过。

"就是在这个片场，诞生了玛琳·黛德丽主演的《蓝天使》，以及早期有声电影的佳作《国会舞曲》——导演是埃里克·沙雷尔，好像是一九三一年拍摄的。"

不赖呀。"

逸见对雪村刮目相看了。看起来这个人"比想象中更喜欢电影"。正中下怀。

逸见揽住雪村的肩头，低声叮嘱：

"昨晚的那件事千万要对这里的人保密呀。好不好？"

"什么？好，这个自然。听逸见先生盼咐。"

雪村心领神会地点点头，逸见这才松了一口气。

昨晚，逸见喝得酩酊大醉，在结冰的路面上失足滑倒——然而，与事实有些出入。

逸见醉酒后昏昏沉沉，隐约记得从人行道旁的大楼屋顶上突然掉落一个花盆。摔得粉碎的盆栽和小小的淡蓝色花朵散落在路面上——

小小的淡蓝色花朵？难道是……

逸见揉着头上被撞肿的包，想起了一件事。

勿忘草，英文名字是"Forget Me Not"，花语是"永志不忘"。

逸见醉意顿消。

确切地说，逸见并非从日本直接受邀入德的。

近几年，日德之间渐渐出现联合拍摄影片的机会。

第一次世界大战之际，日本趁火打劫地夺去德国在华的权利，给德国国民留下强烈的"奸诈的东方蛮夷"印象，以至于"满洲事变"爆发时，大部分柏林市民隔着日本使馆的外墙向大使馆丢掷石块。

与之相反，日本国民对德国几无印象。

六年前，情况有所改变。

日德相继宣布退出国际联盟。

它们对"由战胜国维持世界秩序"提出异议，由于均选择处于国际社会孤立的处境，令日德两国的关系迅速变得紧密。

其间，电影顿时备受瞩目。

"若让日德人民彼此了解，电影是最佳渠道。"

为了使两国国民相互加深理解，在纳粹德国与日本陆军主导下，联合拍摄影片的计划旋即展开。

德方率先上映一部介绍日本的电影《武士之女》，德国国内各路媒体旋即大肆吹捧。《武士之女》亦获得空前的成功，把德国国民心中根深蒂固的黄祸论一扫而空。

接着，原计划由日本电影导演拍摄一部介绍德国的电影。然而，此计划却中途夭折了。

德国城镇因应对联合国的巨额索赔而挣扎喘息，讽刺的是，文化界却百花齐放。电影界尤为人才辈出，更是令人瞠目结舌。德国电影与美国好莱坞并驾齐驱，完成了将电影这种新媒介一举推上娱乐艺术巅峰的任务。

对于看惯"世界标准"的德国电影人而言，在日本拍摄的电影几乎令人难以理解。问题并不在于剧情，而是他们实在无法理解"日式表现手法"。

日本导演的"美的意识"过于具有地方特色了——最后，不得不做出以上结论。必须要转变思路。比如，提出妥协方案，"不限于日本国内拍摄的电影，只要是日本人拍摄的电影都可以"。

放眼世界，雀屏中选的即为当时以好莱坞为活动中心的逸见五郎。

逸见原本立志在国内做一名剧团演员，却没能如愿以偿，便暂时放弃了演员之路。移民美国西海岸后，机缘巧合跨入电影圈。起初，逸见只是做临时演员，或许这正中他的下怀，工作做得得心应手，还曾一度拥有自己的电影制片公司。这家名为"It's me"的公司，从企划、导演、制片、剧本到演员都一手承办。以那位卓别林为首，逸见与电影界的大明星们多有往来，在好莱坞是无人不知、无人不晓的名人。

这位逸见先生却因为某个理由离开他的美国老窝，东渡德国。

他天生有个毛病——即"好色"的恶习。与他一起出演过电影的女演员鲜有不与之"亲近"的，故而他自然而然被卷入各种桃色纠纷之中。巨额赡养费、私生子事件惹起的骚动以及女人间的争执使得他不得不放弃"It's me"。连逸见都觉得自己无可救药，可一不留神又染指女人，不得不承认这是一种恶习啊。

逸见的脑海中浮现出那位身材丰腴的红发女郎的俏模样。

她名叫凯西·桑德斯，是他在好莱坞片场附近的酒吧认识的一位立志成为演员的年轻女子。两人大吵一架后，逸见提出分手，女方便拿出他赠送的勿忘草盆栽，抱在胸前，笑容可掬地说道："你要是敢甩了我，老娘就宰了你。"逸见原本只当她开玩笑，但接二连三差点被凯西开车撞死在道旁——而且，每一次她都露出欣喜不已的笑容。这下逸见实在笑不出来了。

恰逢此时，他接到德方拍摄电影的委托。对方声称"寻求演导兼备的日本人"。这委托好似救命稻草。所幸"亲近"过的某位女性是德国人，他德语并不生疏。于是，他打算暂居德国工作，避一避风头……

未曾想，凯西远渡大西洋，一路追杀入德。看来以后不得不留心身家性命了。

之所以拜托雪村对昨晚那件事保密，是因为逸见在此已有

"亲近"的年轻女演员玛尔塔·赫曼。这位北欧美女魅力十足，拥有一头令人惊叹的金发，淡绿色的眼眸犹如湖水般清澈。昨晚宴会结束后，二人结伴而行。难得发展如此顺利，逸见可不愿意节外生枝。

逸见无可奈何地叹息一声，看向身旁。

从方才开始，雪村似乎完全被德国这座规模最大的电影制片厂吸引，双颊兴奋地飞起红云，双眼闪闪发光。不出所料，他相当热爱电影。既然如此——

为了让雪村对昨晚的事保持沉默，必须趁机彻底收买他。

逸见朝工作人员打了个手势，请他们送些饮料过来。

托盘上放有两只杯子，热气腾腾，香气四溢。

"雪村先生，我们休息一下吧。你喜欢喝咖啡吗？"

雪村闻言回过神来，回头看着托盘，轻嗅香气问道。

"该不会是真正的咖啡豆做的吧？"

如今，德国国内实行嗜好品全面配给制。人们普遍以菊苣的叶子作为替代品，真正的咖啡难得一见。

逸见笑眯眯地点点头，拿起自己那杯咖啡。

"拍摄电影需要旺盛的精力呀。在穷酸的拍摄现场，只能拍出带着穷臭气的电影。拍电影可是需要资金支持的。"

逸见闭上眼睛，先是品了一下香气，接着轻啜一口。醇厚的味道在口中扩散。

睁开半眯着的双眼一看，雪村似乎感到相形见绌——很好，再加一把劲。

"雪村先生，你猜我从美国来到德国后，最让我感到惊讶的是什么？"

逸见把杯子放回托盘，略作停顿后，自问自答道：

"那就是纳粹德国的每一位高官都热爱电影。不仅懂得电影拍摄过程，实际上也对电影行业了如指掌。他们观赏过大量影片，熟悉各类电影作品。比如，现在他们把这个拍摄现场交给我，只要我开口，他们都会尽量满足我的要求。没错，电影上映前确实需要经过审查，一如你们在美国听说的那样。不过，审查没有想象中严格。如果打算在日本拍摄一部影片，审查绝对没有如此宽松。话说回来，即便在美国，仍然有必要看投资方的脸色。相比较而言，反倒是这里可以大展拳脚。我由衷觉得，若是能够设法解决纳粹德国提出的那个奇怪的原则，ＵＦＡ电影一定可以凌驾于好莱坞之上，迟早会风靡全球……"

逸见刚一开口，视线便飘到雪村身后。当他发觉有两个人走进摄影棚，立刻瞠目结舌。

"糟了……"

逸见低声自语，已然忘了雪村。

那二人其中一名是身穿纳粹制服的小个子男性，紧随其后的则是一名纤瘦高挑、一身男装的女性。制服男性背着手，单足微跛，慢慢走了过来。没错，这二人组就是——

纳粹德国的宣传部长约瑟夫·戈培尔与其情妇兼纳粹御用电影人莱妮·里芬斯塔尔。

不过，他们为什么来这里呢？难不成……

疑窦丛生之际，那二人径直向逸见走来。

他们同时在逸见面前驻足。身材矮小的戈培尔仰起头，用冷冷的目光观察着逸见的表情。

逸见条件反射性挺直腰杆，脚跟用力并拢，高抬右臂。

"希特勒万岁！"

这句纳粹礼喊得格外嘹亮。

4

"这位是谁?"

戈培尔打量着雪村问道,嗓音粗重沉稳。

待逸见紧张地介绍完毕,雪村主动向前迈了一步。微微屈身,伸出双手。

"得见尊颜,不胜荣幸。"

雪村声音沙哑,握住对方落落大方伸出的右手,旋即退回到方才的地方。他低着头,悄悄抬眼看过去,确认对方露出轻蔑的神色后,暗自轻笑。

得见尊颜,不胜荣幸——

从某种意义而言,这倒是真心话。

雪村在脑海中整理起有关对方的情报。

在纳粹的乌合之众中,约瑟夫·戈培尔是鲜少拥有博士头衔的精英人士,在纳粹党夺取政权的过程中,起到了举足轻重的作用。

他开始着手在大街小巷张贴政党宣传画。废除了只有文字的传统海报,以富于设计感的血色大字在黑底上罗列出豪言壮语,如"大德国主义""振兴德意志第三帝国""拥有纯正雅利安血统的民族是世界之冠的优等人""德意志民族不知生,不畏死""打倒犹太人"等。街头海报上罗列的几乎都是内容空洞的标语,但它们却抓住了德国国民的心。严重的通货膨胀,经济遇到的空前困难,身处前途渺茫之中,德国国民间弥漫着无处发泄的不满与不安。因此,由纳粹党提出的过激言辞成为他们的发泄渠道。

戈培尔接连构思出可令纳粹党备受瞩目的计划。运动与娱乐,游行时身着整齐划一的制服,演讲(必然安插眼线)、群殴,甚至还有焚书运动。戈培尔在引人注目、引发群众的狂热方面拥有特殊的才能——称其为天才也不为过。

六年前,"人类史上最为严谨"的《魏玛宪法》令纳粹党合法夺权。与此同时,德国设立国民启蒙宣传部。提出此项议案的人便是戈培尔。

戈培尔顺理成章地被任命为宣传部首任部长。该部门的首要任务是控制报刊、广播及其他宣传渠道,其次是进一步利用媒体动员大众。翌年,在各路媒体大肆宣传、赞美希特勒的攻势下,国民投票举行,希特勒取得近九成的压倒性支持,就任总统。独裁体制就此完成。

至于莱妮·里芬斯塔尔,她在积累了身为舞女与女演员的经验后,转行成为电影导演。《信念的胜利》《意志的胜利》这两部纳粹党大会的纪录片奠定了其独特的拍摄技巧。如今,她被视为象征纳粹德国的电影导演之一。

雪村感到一道目光袭来,不由得抬起头。

莱妮·里芬斯塔尔眯着眼睛打量着他,脸上隐隐浮现出怀疑的神色。

她察觉出什么了吗?不可能吧?

雪村转瞬间露出毫无防备的天真表情看过去。拥有鹅蛋脸庞的里芬斯塔尔略略蹙眉,狐疑地问道:

"我们以前是不是在哪里见过?"

"没有,怎么可能。在下第一次有幸拜会里芬斯塔尔小姐。"

雪村佯装慌乱,边摆手回答边暗自咂舌。

他的确在执行其他任务时见过里芬斯塔尔一次。伪装成报社记者,潜入纳粹党大会时,雪村偶然与她擦身而过。若是她还记得那次碰面,这种对影像的记忆力着实了不起。不愧是希特勒赏识的电影导演。

"您拍的电影我都看过了,非常棒。今日得以拜见尊颜,实是三生有幸。"

雪村特意用有些笨拙的德语说道。

"其中有一部您记录柏林奥运会的片子,名叫《奥林匹亚》。我最喜欢了。这部片子真的是棒极了。"

雪村对莱妮的赞不绝口总算打消了她的疑心。看来越是才华横溢的人,越是对奉承之词难以招架。

里芬斯塔尔的唇畔露出一丝讥笑。

"真是可惜呀,东京奥运会取消了。"

"是啊,我也感到十分遗憾。不过,毕竟日本现在处于关键时期。"

雪村迎合着对方,夸张地耸耸肩。

里芬斯塔尔所拍摄的《奥林匹亚》,是记录上一次奥运会,即一九三六年柏林奥运会的纪录片。当时已经决定下一届由东京举办,因此,柏林奥运会闭幕式的致辞是"让我们四年后相聚东京"。按原定计划,四年后,即原本明年在东京举办奥运会。但由于战争,日本政府认为无法如期在东京举办奥运会,故而去年决定交还主办权。

"呵,即便日本有些难以应付,可越是非常时期,反而越应该举办奥运会才是呀。"

里芬斯塔尔仍然讥笑道。

"我们可是非常期待看日本导演如何拍摄奥运会纪录片呢。对吧?"

说着,她转头看向身旁的戈培尔,投以意味深长的目光。

"博士,可不可以请你表演一下那个?"

遭到里芬斯塔尔的催促，纳粹精英戈培尔"博士"无可奈何地苦笑。

"'前畑加油！前畑加油啊！赢了、赢了、赢了、赢了！'"

出乎意料的是他模仿日本广播电台的声音惟妙惟肖。

"在柏林奥运会上，日方那位播音员真是令人瞠目结舌。莱妮和我准备得再怎么万无一失，也无法像他那样巧妙地引发出国民的狂热。虽然心有不甘，但我们的确稍逊一筹。"

戈培尔说着，耸了耸肩。

"话虽如此，那毕竟也是无心插柳。这种方法不能屡屡使用。第二次使用是东施效颦，此后再用便只是瞎胡闹而已。稍微有点脑子的人都会觉得扫兴吧。正因为如此，我们才会格外关注日本奥运会如何举办。正如莱妮所言，我也认为日本应该举办东京奥运会。贵国却毅然决然地交还主办权，令人扼腕叹惜。"

说着，戈培尔再三摇头。

在柏林奥运会之前，无论如何这只是场业余赛事的庆典，是无法登上国际政治舞台的小型活动而已。

纳粹充分利用了奥运会。

首先，驱策国内外新闻媒体，大肆报道奥运消息。各国媒体记者应邀入德。交通、食宿、开销及其他费用，皆提供种种便利。甚至在奥运会开幕之后，以希特勒总统为首，纳粹官员全部赶赴奥运会会场，为选手们加油喝彩。几经锻炼的美好肉体、胜负一瞬间的紧张感、朝气蓬勃与身强力健均令人赏心悦目。人们为选手的活跃表现加油，并为之狂热。比赛结束后，发色、瞳色与肤色各异的选手相互激赏不已。来自世界各地的媒体镜头捕捉种种画面，记者们写下报道发往全球。

接着，在奥运会结束后上映的纪录片《奥林匹亚》，再次令全世界陷入狂热。这部片子从观众们难以看到的角度拍摄成像，魄力十足。运用特写、慢动作与反拍手法，赛事没有拍好就重新来过。通过影像与音乐，原本只是业余赛事的奥运会摇身一变，成为"动人心弦的大片"。

《奥林匹亚》将奥运会的美好传遍全球，与此同时，不负众望地让世人对主办奥运会、令赛事顺利成功的纳粹德国——镜头中时常出现希特勒总统的身影——萌生信赖感。

欧洲民众对于德国的印象从"野蛮的纳粹"一举转变为"和平的纳粹"。纳粹德国以此藏形匿影，暗中扩张受到《凡尔赛条约》严格限制的军备，不知不觉间，竟成长为凌驾于英法之上的军事大国。

在漫长的历史长河中，各国政治家均对奥运会这项赛事不屑一顾，纳粹却在政治军事上对其物尽其用。

多么巧妙的着眼点。据说，利用奥运会套取情报的策略也是戈培尔的提案。

或者，正如戈培尔所指，越是非常时期，日本反而越应该在东京举办奥运会，向全世界鼓吹"日本和平论"。但是——

雪村避开他人耳目，暗自蹙眉。

此时此刻，日军正在中国大陆陷入苦战。军费扩张导致国内经济危机，各地在贫困线苦苦挣扎，鬻儿卖女者比比皆是，甚至路有饿殍。值此前途渺茫之际，仅仅为了扬国威，投入庞大的国家预算举办奥运会，恐怕不仅会贻笑大方，还会令人咄咄称奇。

形势不明朗，即使狂欢一场，也没有任何政治意义。若是利用奥运会"掩人耳目"达到政治目的，至少情势必须更加明朗才是。比如——

混乱的欧洲局势今后将由纳粹德国一手掌控。

对此毫无疑问。

看透纳粹真实意图，摸清发展方向，才能处置得当。

在复杂多变、贪得无厌的国际形势之中，日本如今已别无其他出路。

雪村眯起双眼，竭力在与逸见闲话之中，揣摩戈培尔的意图。

德国国内的媒体早已处于戈培尔的完全掌控之中。

相继掌控报刊与广播之后，戈培尔又把目光投向了电影界。目前，纳粹党拥有德国最大的电影制片厂"UFA"全部股份的七成以上，用人方面也与政界密不可分。事实上，称"UFA"为纳粹党的所有企业也不为过。

电影是同时使用音乐与影像的复合型媒介。

据近期发表的学说，人类接受的外部信息有八成来自视觉与听觉。

电影这种复合型媒介把"通俗易懂的故事"自然而然地烙印在国民的深层意识中，借此大肆推行国家方针政策也成为可能。通俗易懂的故事结合壮丽辉煌的音乐轻易夺取人们的理性，将之引入狂热境地。"理性沉睡，心魔生焉。"恐怕这才是戈培尔的用意。问题在于——

纳粹将引领德国国民去往何处。

具体来说，他们打算把谁作为下一个攻击对象呢？是苏联，还是英国呢？

纳粹预计灌输给国民的下一个通俗易懂的故事便是——敌人是谁。

若能事先推测得知他们的方针，日本就可以采取相应的对策。至少对于本国而言，欧洲局势算是外交上能够打出的一张好牌……

"对了，戈培尔阁下，今日因何故贵足踏贱地呢？"

逸见满面堆笑，状似无意地随口一问。

戈培尔没有立刻回答。他目光停留在墙上的日程表上，故作轻松地反问逸见：

"拍摄日程似乎延期了？"

"没事。拍摄顺序略作调整而已。预料之中的事。"

"而且，拍摄费用大幅超支了吧。"

"预算超支了？怎么可能呢？"

逸见慌乱地眨眨眼睛。

"这一次的花销应该没有那么大呀……"

戈培尔趁机眯起眼睛，不慌不忙地打量着逸见。

"其实我的耳边刮过一阵邪风。"

戈培尔缓缓开口，似乎要确认自己这番话是否起了作用。

"据说最近某个人物在这个摄影棚现身了。"

"您说的某个人物是谁呢？"

"是啊，该怎么形容好呢……"

戈培尔边说边把双手放在背后，转过身去。他环顾摄影棚，接着说：

"不知道为什么，在此处目击到原本不应该出现在这里的人。果真如此的话，也只能称其为鬼了——你明白我的意思吗？"

戈培尔重新把目光投向逸见，龇着牙笑起来。

"我不认可世上有鬼。为了以防万一，我命令盖世太保监视着这里，终于发现了一件事。"

5

翌日。

上午八点，柏林安哈尔特火车站。

这座德国最大的转运站位于波茨坦广场东南方向，挤满了身着臃肿服饰的乘客。有赶着上班的，有赶着上学的，还有赶着采买食品或圣诞礼物的。不是所有人都目不斜视地一心赶路。随处可见候车时停下脚步专心致志地看报纸的人，遇到熟人互道早安的人，或是三三两两聚在一起聊天的人。

德国成功对波兰发动了"闪电战"，继而对英法宣战。此后，柏林市民的生活看起来似乎毫无变化。唯一变化的只有在夜间实施灯火管制，以及嗜好品与部分食品实行配给制而已。

雪村在站内商店用零钱买了份报纸。拿在手里大致浏览一遍后，叠起报纸，夹在腋下左右张望。

他看到一名男子在站内文艺复兴式立柱的背阴处看报纸。

那名男子打开的报纸一角被折成特殊的角度。

雪村若无其事地靠近那名男子，在他一旁打开报纸，突然又想起了什么似的把报纸折起来，从口袋里取出记事本和钢笔。他摊开记事本写了几笔，随即蹙眉。不出墨了，他轻轻甩了甩钢笔，又试了试，还是写不出字。

"要不要用我的笔呀？"

雪村转头一看，身旁的男子把自己的笔递了过来。那名男子操着一口无可挑剔的流利德语。不过，递来钢笔的手却拥有东方人的肤色。只见他中等身材，身着朴素的灰色西装，鸭舌帽低低地压着，阴影挡住了他的脸……

"谢谢。真是帮了大忙了。"

雪村以德语致谢，接过男子手中的钢笔，在记事本上奋笔疾书。把钢笔还给男子后，他再次打开报纸。

——迟到了五秒钟。

身旁的男子用报纸遮住脸，说道。嗓音低沉得难以辨识。从鸭舌帽檐下几乎无法看到他说话的动作。

他是谁？

雪村的目光依旧停留在报纸上，却眯起了双眼。

以前在日本遇到过的人吗？不对，这声音难道是……

他摇摇头。

不对。何况，如今追究对方是谁没有任何意义。

此次接头的目的在于得到来自祖国的报告文件。报纸一角以事先约定好的角度折叠。接头暗号是"迟到了五秒钟"。写不出字的钢笔。目前为止全部符合程序。雪村同样压低了嗓音问对方。

——那么，委托你调查的那件事有什么进展吗？

——《武士的女儿》的高票房背后另有内情。戈培尔曾经私下召集新闻媒体，做出指示，命他们"大肆宣传这部作品"以及"绝对不可以给差评"。

雪村冷哼一声。果不其然。戈培尔的口头禅不就是"并非叫好才叫座，而是叫座才叫好"吗？问题在于……

——有证据吗？

——戈培尔曾经在日记里写道"冗长到难以忍受"。

雪村对男子这番理直气壮的回答暗自咂舌。这番话意味着一件事，那就是"我豢养着可以窥视戈培尔私人日记的内线"。无论采取哪种手段，或金钱美色，或信念巧言，抑或威逼利诱，豢养内线可不是一朝一夕就能完成的工作。

是长期潜伏的特务吗？从什么时候开始潜伏的呢？

疑问冒出脑海，却无法直接询问对方。或者说，他觉得即便开口询问也不会得到答案。潜伏的间谍相互接触仅仅是为了交换情报而已，除此之外不闻不问。万一落入敌手，遭到严刑逼供，不知道的事情便无从作答。如此一来，可以将损失降到最低。

目的既已达成。接头结束了。

之后，待对方折起报纸离开，雪村暂留原地，确认附近是否有人尾随和自己接头的男子即可。若有需要，则"清除敌人"。这是间谍的礼节。

男子把有折角的那张报纸卷起来。

这是追加情报的暗号。

雪村皱了皱眉头。对于间谍而言，尽量缩短接头时间为第二本能。无论如何，"追加情报"都是非常罕见的。

——逸见五郎可不是什么省油的灯。

对方的声音中略带嘲讽。

——他自称为躲避感情纠纷从好莱坞逃至此处，理由并非仅此而已。逸见涉嫌营私舞弊，他被逐出日本也是因为经济纠纷。在他因挪用纳粹资金而引发纠纷之前，劝他见好就收吧。

男子面无表情地说完这番话，把报纸折好，抬头看了看站内的时钟。鸭舌帽下露出的侧脸白皙端庄，格外年轻。

他的目光落在自己的手表上，确认了下时间，而后看也不看佯装看报的雪村，便混入熙熙攘攘的人群，顷刻间消失得无影无踪。

6

雪村回到酒店，打开房门后，在门口稍作停留。

他原应在外出时设置若干机关,用以确认是否有人潜入房间,但是为了符合此次任务中"雪村幸一"的伪造履历,才入住这种廉价旅馆。倘若拒绝保洁人员在他外出时入室打扫,反而有些装腔作势。他只能以外出时遭到他人潜入为前提行动,才能避免惹人怀疑。

话虽如此,无论何时何地都必须进行最低限度的安全确认。

调整镜子的角度,用以确认房间的死角中是否埋伏着可疑人员。指尖弹出的硬币在房内滚动,他竖起耳朵,辨别里面的动静后,才迈步走入室内。

捡起地上的硬币,打开房间内配备的廉价收音机,脱掉外套,摘掉帽子,将其挂在衣帽架上。

稍待片刻,收音机内传来一阵杂音,而后,突兀地传出一阵旋律。

"开始吧!"春姑娘在森林里呼喊,
洪亮的声音在回响。
像远处的涛声,从某地传来,
从远处滚滚而来,越来越近。
森林中发出无数可爱的声音,荡漾着,回响着。

这是《纽伦堡的名歌手》第一幕第三场,骑士瓦尔特的咏叹调——纳粹心爱的瓦格纳歌剧。

雪村的唇畔浮现出一丝嘲讽的微笑。

如此一来,若是在自己外出时,房内真的被安装了窃听器,对方也只能听听歌剧,无法捕捉到细微的动静。

他在墙边的桌子旁坐了下来。

桌上的台灯罩了灯罩。打开台灯，雪村从上衣的内袋中拿出钢笔，凑到灯下观瞧——乍看之下，这根笔没有任何特别之处。

就在刚才，雪村与另一名潜伏在德国的日本间谍在车水马龙的安哈尔特火车站接头。"写不出字的钢笔"是用来确认彼此没有"尾巴"的暗号。与此同时，它还担负另外一种任务。雪村从接头人处借来钢笔，在记事本上写上几笔后，立刻还给对方。不过，归还的是雪村一开始拿出来的那根钢笔。他在手里做了掉包（他做了无数次掉包技术的练习，即便近身处有人看到，也绝对不会察觉）。

雪村和着收音机中的旋律哼唱起来，着手进行作业。

他把从日本带来的形状特殊的工具套在那根钢笔的商标上。按之前的约定，向右转三次，向左转一次，最后再向右转两次。如此一来，笔身轻轻发出"咔嗒"一声，打开了。

雪村用尖头镊子把放在笔壳和墨水管之间的薄纸小心翼翼地抽出来。装在墨水管里的不是墨水，而是强酸液。一旦顺序有误，墨水管就会破裂，化掉薄纸。

精神集中在指尖。半透明的薄纸摊在桌上，密码密密麻麻地罗列着。

雪村嘴呈O形，轻吹口哨。这份情报的分量远超预期。慎重起见，他拿出火柴，放在手边。一旦发现有人来袭，立刻用火柴点火。这种特殊材质的薄纸会瞬间燃烧殆尽，灰飞烟灭。

一般来说，使用乱数表作为转换密码的密码表。但是，乱数表是危险的代名词。对于间谍而言，遭受怀疑意味着任务失败。不会招致怀疑的字典及文学作品——利用页数和文字排列——便广泛用作密码表。在此次任务中，瓦格纳歌剧的音符被指定为密码表。雪村原本不太喜欢瓦格纳歌剧，却熟记了全部总谱。

利用音符的排列，将随机排列的细密数字转换为文字。

重组文字后，雪村在脑海中又回顾了一遍情报的内容。

他皱皱眉，咬住了唇。

拿起火柴点了火，薄纸在火苗靠近的瞬间化为乌有。

情报是日前应召回国的驻德日本大使的笔录。毫无疑问，这是一份绝密文件。问题在于大使供述的内容。

日方在对德情报战中一败涂地。

之所以召回驻德日本大使，正是为了"追究责任"。出乎意料的是，他竟对本国调查官大谈特谈德国国家社会主义，以及杰出的纳粹政权。

"日德两国都是以武治国。二者的'尚武精神'才是重要的，语言是次要的问题，换言之只不过是旁枝末节罢了。

"德国人对我方的贴心令我喜出望外。出访时，我方没有提出任何要求，德方也会源源不断地投我方所好。这才是以心传心，是日德心意相通的证据。

"那些纳粹的干部们经常对我说，'我方绝不会亏待日本。待我方在欧洲实现第三帝国的梦想之后，必定让身为荣誉雅利安人种的日本成为亚洲的盟主'，等等"。

看起来他连自己为什么被召回国都不清楚。

陆军武官出身的驻德日本大使受到纳粹的"盛情款待"，乐不思蜀，亲口泄露了日本外交机密。而且，根据本人的供述，"我由衷觉得一切都是为了日本"。

从笔录中可以看出，大使根本没有意识到自己遭到德方利用。

雪村不禁哑然。

以心传心？日德心意相通的证据？

事前彻底调查谈判对象的嗜好或弱点，可谓是外交常识。为了达到这一目的，无论是否合法都要不择手段。连谈判对象的基本前提都不清楚，竟然担任驻德大使一职？这本身就是件惊天动地的怪事。

不过，雪村发现了另一件怪事。

大使亲口泄露了日本外交机密。

果真如此的话，这件事未免太古怪了。

新使馆中，以大使的房间为中心，被安装了无数窃听器。仔细想想，窃听器的数量多到不自然。

既然大使没有保密的自觉性，只要直接询问他，出于"为了日本"的想法，大使就会主动透露机密——不需窃听器。

难道不是纳粹安装了窃听器吗？那么，还能是谁？目的何在？

雪村抬起头，窥视酒店墙壁上安装的镜子。

镜子里映出的是一张名为雪村幸一的"陌生男子"的脸，经历是伪造的。可以成为任何人，却又不是任何人。酒店廉价的灯光让这名年轻男子的脸看上去宛若幽灵……

幽灵？

雪村皱了皱眉头。

他最近刚听过这个词。

就在昨天，应逸见邀约前往 UFA 片场的时候。

在片场中，雪村偶遇纳粹宣传部长戈培尔。他在言谈之间，唐突提起了一件怪事。"据说最近这个摄影棚里闹鬼了。"不，问题不在于他提起的这件事本身，而是"为什么在此处目击到原本不应该出现在这里的人"。雪村发觉戈培尔脱口而出的瞬间，周围不少人同时大吃一惊。余光所到之处也看到几个人不安地交换眼神……

当时附近只有UFA的摄影师，还有几位电影演员。

他们心照不宣的样子一直被雪村暗记在心，所以"幽灵"这种可笑的比喻才会突然冒出。

雪村把双臂支在桌上，十指交叉。

《纽伦堡的名歌手》的音符在雪村的脑海中跳跃、交缠，仿佛注入了生命力，演奏出不协调的音调。

高亢的旋律戛然而止，某种假设渐渐浮出水面。

先确认一下吧。

雪村喃喃低语，起身拿上帽子和外套，离开了酒店。

7

"停！停！"

逸见五郎怒吼道。

"自然一点儿！好吗？自然点儿。听好了，这可是一部有声电影。不需要默片时代夸张的动作。时代变了，表演得更自然点儿，才能演出好莱坞的感觉！"

他连珠炮似的连骂带说。站在壁炉布景前、饰演德国军人的男演员与金发碧眼、一身碎花裙的女演员不满地对视了一眼，仿佛说："我们干吗非得听一个日本人瞎指挥呢？"

逸见满脸失望，倨傲地在导演专用椅上坐下来。

他不清楚日耳曼民族是否优秀，至少在片场，自己可是导演，即片场的神。要是有什么不满，就去对任命自己为导演的德国宣传部抱怨吧。

不过，他还是没有说出口，只是在心底暗暗自语。而后——

"好了，刚才那场戏再从头走一遍。请你们表演自然点儿——预备，开始！"

表演重新开始，逸见依旧不满意。

这帮棒槌。这么烂的演技，永远也赢不了好莱坞啊。

他不解地皱皱眉头。

不对，问题不在于演技。不是这样的。德国电影输给好莱坞的根本症结在于……

"停！"

表演再次中断，演员们满脸不快，似乎想说"这次又怎么了"。逸见抓抓后脑勺，说道：

"暂时休息一下，半小时后继续。"他任性地宣布了这个消息之后，心血来潮般接着说，"不好意思，能不能麻烦所有演职人员到片场外面逛逛？我想一个人静静。"

逸见的话刚一出口，所有演职人员不禁大吃一惊，面面相觑。拍摄进度已经延迟了，应该没有时间悠闲地休息。但是在片场，导演下达的指示犹如圣旨。即便他是位反复无常的日本人，即便众人面带不满，大家依旧络绎不绝地离开了片场。

空无一人的内景——拼接木地板、黑樱桃木家具以及布景用的壁炉——前，逸见双手交叉，抱在头后，深深地陷入导演专用椅中。

他东张西望。

厚厚的幕布从天花板垂下，把整堵墙盖住了。地面布满管线，以致难以落脚。部分管线沿着墙壁爬上天花板。身后就是探出镜头的沉甸甸的金属盒子——德国引以为傲的最新式电影摄影机。另一台摄影机和三脚架一起放在推车上，可以利用轨道水平移动。音响调节器信号闪烁，其上布有无数控制杆与电子管。头戴式耳机放在调节器上，甩出一条管线，与天花板上悬挂的两支收音麦克相连……

环顾一周后，视线又回到原点。

逸见茫然环顾着空无一人的内景，眉头皱成一团。

"我想一个人静静。"

他没有欺骗工作人员。

从早上起，他就无法一心一意地拍片。害他无暇顾及拍摄的罪魁祸首，就是纳粹宣传部长戈培尔的那句话。

昨天，纳粹宣传部长约瑟夫·戈培尔与传闻中情妇之一的里芬斯塔尔一起造访片场。当时，他莫名其妙地抛出一句意味深长的话。

"不知道为什么在此处目击到原本不应该出现在这里的人。我不认可世上有鬼。为了以防万一，我命令盖世太保监视着这里，终于发现了一件事。"

说着，他窥视着逸见的眼睛，仿佛观察逸见的反应。

逸见不禁面色大变。

——你懂我的意思吧？

老实说，逸见根本不知道戈培尔暗指什么。无论如何，放任这位大人物就此离去太过危险。如今，在德国惹恼戈培尔的人，毫无疑问会丢了饭碗。不仅饭碗保不住，恐怕连吃饭的家伙都保不住……

情急之下，逸见急中生智顺势说道：

"戈培尔阁下，实际上，有件事我一直犹豫要不要告诉阁下您……"

他环顾四周，凑到戈培尔耳旁压低声音。

"您料事如神，这个片场的确闹鬼了。这才把工作人员们吓坏了，耽误了拍摄进度，以及预算超支也是拜其所赐。"

"也就是说真闹鬼了？"

"是的，真闹鬼了！"

逸见断然点点头，滔滔不绝地说：

"我想，以酷爱电影闻名的戈培尔阁下自然明白，电影片场一直与鬼魂脱不了干系。这里时常闹鬼，我猜也许因为电影是操纵光与影的艺术，正合鬼魂心意吧。唉，不知道是不是用了电的缘故，拍片时，我目睹有道白影突然出现在内景中，又悄无声息地在镜中消失了。无论日本还是好莱坞，竟无一例外。"

逸见耸了耸肩膀。

"不过，它不会做任何坏事。演职人员应该也渐渐习惯了吧。"

戈培尔未置可否，眯起眼，狐疑地打量着逸见。不久，他便带着里芬斯塔尔回去了……

回想起昨日那件事，逸见不禁困惑不已。

当时，逸见急中生智——连自己都佩服自己的信口开河——戈培尔虽然被唬住，如愿以偿地离开了，但下次未必如此顺利。

戈培尔本人特地到访片场，必定弦外有音，应该从这个角度考虑才对。以及他提到"闹鬼"的字眼，也需要想好对策。毕竟——

"我命令盖世太保监视着这里，终于发现了一件事。"

戈培尔曾经对逸见发出如是警告。

警告？

可是，为什么要这么做？戈培尔阁下有什么不满呢？

逸见皱皱眉，再次感到困惑。

戈培尔曾提过"拍摄日程似乎延期了"，以及"拍摄费用大幅超支了"。

事实上，拍摄日程的确延期了。可是，这还不是拜纳粹提出的古怪方针所赐吗？优秀的电影人陆续遭到排挤，导致片场的工作人员素质低下。延期应该归咎于纳粹，即戈培尔。给自己扔了这么一副烂摊子，逸见也是回天乏术。

至于拍摄费用嘛，逸见确实把一部分预算中饱私囊了。可是，这又说明什么呢？全球任何一个国家或地方的拍摄费用肯定都是一本"糊涂账"。回收了拍摄费用以后，这行就属于一劳永逸的接客业了，电影院有多少观众，就捞得到多少收益。预算有误差也属于正常现象。为了拍出好的电影作品，预算超支了，或者拍摄延期了，不是理所当然的吗？

何况，电影拍摄费用与德国军需支出相比，根本寥寥无几。打造一辆威风凛凛的德国战车，其经费足以拍摄出若干部大制作电影了。拍摄能够流芳百世的电影，需要巨额投资。不想砸票子，怎么出好片子？这和追求好女人是一个道理！

好女人？

想到这里，逸见只觉得自己的脑袋仿佛突然挨了重重一击。

等等，难道不是吗？

他想起来了。

表面上，戈培尔是位"顾家"的好男人，算上妻子带来的孩子，他拥有一个两子五女的大家庭，被大肆宣扬为"德国模范家庭"。然而实际上，戈培尔是尽人皆知的好色之徒。据说，小个子"精英"戈培尔年轻时完全不受异性青睐。可是，当他继任宣传部长、在德国电影界获得权势后，美女们蜂拥而至、暗送秋波，甚至投怀送抱。于是，戈培尔变了。如今，他仗着在电影界的莫大权势，毫无节制地强迫女影星与他发生关系。

这种情况司空见惯。老生常谈得让人提不起兴趣。

原来如此，这样啊。明白了。

逸见双手交叉、抱在头后，一个人轻声笑了出来。

"不知道为什么在此处目击到原本不应该出现在这里的人。"

戈培尔这番解释"鬼"为何物的话。

本不应该出现在这里的人。

逸见的脑海里浮现出一名年轻女子。玛尔塔·赫曼是名魅力十足的北欧系美女，拥有一头令人惊叹的金发，淡绿色的眼眸犹如湖水般清澈。她和逸见结缘于新电影，逐渐热络，目前正在交往中。逸见常常带她出入片场——

不过，既然戈培尔阁下对她一见倾心，逸见也无能为力。只得与玛尔塔分道扬镳，另觅芳草。

话说回来——逸见边想边苦笑着摇了摇头。

"和玛尔塔·赫曼分手吧。"

纳粹宣传部长戈培尔特地屈尊纡贵，来到片场竟是为了这件事。逸见不禁感到好笑。无法明示逸见，也是因为身旁有身为"情妇之一"的里芬斯塔尔严防死守吧。据说，戈培尔只有在这位老相好面前抬不起头，所以才会采取迂回战术，用"片场闹鬼"这种话打哑谜——

"我命令盖世太保监视着这里，终于发现了一件事。"

身为堂堂一国部长，为了得到一名年轻女子，居然做到这种地步。岂止令人诧异，简直可笑至极。看来，他年轻时非常不受异性的欢迎，也吃了女人不少亏——恐怕是这样。

德国也许会战败吧。

逸见下意识地自言自语，这句话把他自己也吓了一跳。如今正值德国与英法联军交战，坊间风传德国占据绝对优势，日意两国只要趁机搭上势若破竹的德国，也许还能打开新的战局……

逸见耸了耸肩。想破头也无济于事。他不懂政治，更何况是战争的走向。再说，德国得胜还是战败，都与他毫不相干。

逸见微微一笑。从昨日起，笼罩在头顶上的乌云已经荡然无存了。

他起身准备召集工作人员继续开拍，此时，逸见已经暗中盘算起别的事了。

对了，下次提议拍鬼片吧，一定能成为伟大的作品。问题在于要怎么说服戈培尔阁下……

他想起一个好主意，打了个响指。

干脆就让玛尔塔·赫曼领衔主演吧。

8

幽灵吗？

雪村望着镜中自己苍白的脸，嘴角隐隐浮现出笑意。

凌晨两点，柏林日本使馆。

所有工作人员下班后，馆内鸦雀无声，漆黑一片。从窗帘缝隙间射入的苍白月光，隐约照出物品的轮廓。

雪村面对嵌入使馆墙上的穿衣镜，聚焦般眯起了眼。

昨天——

到访片场的戈培尔说出一番怪话。

"不知道为什么在此处目击到原本不应该出现在这里的人。"

戈培尔说出这句话的瞬间，站在雪村附近的不少人同时大吃一惊。雪村不动声色地观察周围，发觉附近只有UFA的摄影师，还有几位电影演员。他们的反应让雪村心生疑惑。他留意到在逸见顺着戈培尔的指责做出辩解时——耽误了拍摄进度，以及预算超支都是"拜鬼所赐"——一名年轻的摄影助手大吃一惊,停下手里的工作,慌乱地四下环顾。另一名工作人员慌慌张张地对他摇摇头。还有另一位工作人员用口型对那人说:

"不在这儿。"

雪村接受过读唇术的训练,因此把那位工作人员的唇部动作看得清清楚楚……

逸见的辩解看似毫无道理、信口雌黄,但是,对于逸见本人而言,恐怕那是最为合理的解释。事实上,戈培尔完全被蒙骗了,从这个结果来看,可以得知逸见的推断是正确的。不过——

"有道白影突然出现,又悄无声息地在镜中消失了。"

逸见信口雌黄的辩解中,只有这部分莫名真实。

参与过审讯的人都知道,人类无法不假思索地编纂出与眼前事实毫无瓜葛的谎言。冷眼观察,无论他的话听上去多么荒唐,说话者的脑海中必定浮现出与眼前事实相关的内容(只有天才骗子,以及接受过整套训练的优秀间谍才可以条理清晰地叙述出与听到的问题毫不相关的事)。逸见最近亲眼见过"镜中消失的白影",所以才会不假思索地脱口而出,可对他而言应该见怪不怪才是。常年在电影界摸爬滚打,大银幕上没新鲜事。问题在于——

"不在这儿。"

雪村记挂的是这句话。

片场的工作人员对戈培尔与逸见那番话的反应实在不自然。不安地表情,意味深长的眼神,以及那句"不在这儿"……

雪村在酒店的房间里浏览日本大使的供述时,突然想起这件事,同时,脑海中浮现出一种假设。

起初,他觉得这个假设十分荒唐,可转念一想,如果这种假设成立，看似支离破碎的线索就能拼成完整的图案，从而得出合理的解释。

他打算验证这种可能性，因此昨日设下了小小的陷阱——

雪村低头看向脚边。

他在大使房间的地板上撒了一层薄薄的爽身粉。出入房间的人留下了脚印。其中一对脚印在镜子前面消失了，仿佛迈步走入了镜子里……

见鬼了吗？

再次低声自语后，雪村微微一笑，退后一步，对镜子说道。

"出来吧。"

镜面轻轻晃动了几下，一名面色苍白的陌生男子出现在雪村面前。

这名面色苍白、戴着银色细框眼镜的矮个男子耸耸肩，双手在身前摊开。

这不是幽灵，是活生生的人。

"你是何人？"

雪村低声发问，对方惊讶地皱了皱眉。

"你不抓我？"

雪村默默地耸了耸肩。

日本大使馆的大使房间里有间密室。

雪村之所以发现这件事，是若干巧合频频发生所致。例如，逸见那句"有道白影突然出现，又悄无声息地在镜中消失了"，恐怕是他最近到访大使房间，在酩酊大醉之时，发现有人进入镜子后面的密室吧。所以，他向戈培尔辩解时，只有这部分话莫名真实。

当然，仅仅凭借逸见的话，雪村无法锁定地点。柏林这么大，逸见在任何一处目击这一幕都无可厚非。当时，雪村脑海中浮现出大使的房间中多到不自然的窃听器。根据调查报告来看，似乎是驻德日本大使主动向德方泄露机密的，不需要窃听器。那么，在大使的房间四处安装窃听器的就不是纳粹，而是其他需要知道这个房间有何动静的人。有必要安装那么多的窃听器，精准掌握室内情况的，只有直接出入这个房间的人。例如，连大使本人也不知道的藏身于密室的人，或者说是他的后援。

"我是朗，菲利普·朗。"

眼前的男子突然报上姓名。有些驼背、骨骼纤细的朗用力挺起胸膛，眼神熠熠生辉，对雪村宣告了自己的身份。

"是名电影导演。"

雪村眯起了双眼。

菲利普·朗。

他的确对这个名字有所耳闻。

前不久，此人甚至还被称为"肩负德国电影黄金时期的新生代天才导演"，可这阵子完全没有露面。万万没想到在这个地方，二人以这种方式相遇了。

据说，朗突然从德国电影界消失，理由有两个。

其一，他拥有犹太人血统。

对于居住在东方岛国的日本人而言，欧洲所谓的"犹太人问题"是个有些陌生的话题。除了基督教与犹太教的宗教对立问题外，犹太人被禁止拥有土地，遭到同业公会的驱逐，历来从事小规模零售业与金融业的人居多。可讽刺的是，随着近代资本主义的发展，金融业逐渐在社会中呼风唤雨，犹太人被冠以放高利贷者的形象，是从汗流浃背的劳动者手中掠取钱财的黑心金融业者，是压榨劳工的贪婪资本家。

纳粹看中了犹太人的这个形象，将其利用到极致。上一次世界大战结束后，身为战败国的德国承担巨额战争赔偿，其国民身陷通胀与失业的泥潭中苦苦挣扎。纳粹巧妙利用德国国民的不满情绪，送出犹太人成为众矢之的。"（失业也好，通胀也好）都是犹太人干的好事"，这狗屁不通的歪理未免太牵强附会了。然而，一向聪明的德国国民中有一部分人狂热信奉这个歪理。战败后，他们颜面尽失，怨声载道，身边需要一个出气筒，谁是这个出气筒都无所谓，只要能够缓解压力就好。纳粹察觉出这一点，将犹太人问题推上台面——作为应付国内舆论的对策。

纳粹夺取政权后，以"犹太人是劣等人种"为由，从德国国内的犹太人手里剥夺公民权利，抢走饭碗，没收财产。另设收容所，强制收容大量犹太人。职场上的犹太人荡然无存。一部分人被关进收容所，一部分人流亡海外。电影界也不例外，一旦被认定为犹太人，便不得不选择是去收容所还是流亡他乡。仅仅因"犹太人"之故，德国电影界流失了许多优秀的工作人员。事到如今，德国电影急遽退步也是事出有因的。

德国电影界引以为傲的新生代天才导演菲利普·朗也受到犹太人问题的波及。他很早就公开自己具有犹太人血统。但是，有人强烈反对把朗逐出电影界。

这个人就是宣传部长约瑟夫·戈培尔。戈培尔作为希特勒的心腹、纳粹首屈一指的精英人士，非常迷恋朗身为电影导演的才华，认为朗是德国电影界不可或缺之人，不愿驱逐他。在戈培尔的强烈意愿下，朗受到了"特别待遇"，不过前提条件是拍摄为纳粹歌功颂德的影片。然而——

据说，戈培尔观看了朗拍摄的"纳粹礼赞电影"，立刻变了脸。他一改往昔的态度，向盖世太保下令，抓获朗后，立刻将其送进强制收容所。

这就是朗在德国电影界销声匿迹的第二个理由，也是决定性的理由。

盖世太保破门而入的时候，朗的住处早已是人去楼空。戈培尔接到报告，一脸平静地下达严命："他没有时间逃离柏林，无论如何都要把他捉拿归案。"

后来，盖世太保在柏林市内严设关卡，为了寻找朗日夜奔忙。谁能料到朗潜伏在日本大使馆呢，就连雪村也始料未及。

怎么办？

雪村皱了皱眉。

"纳粹要犯"就在眼前。抓住朗，交给盖世太保，才是与德国站在统一战线上的日本国民期待的行动。可是——

忽然，雪村觉得身后有人。

他从站在对面的朗的身上分开了一些注意力。

镜子里映出几道堵在门口的黑影。

朗随即也注意到了，越过雪村的肩膀看向门口，顿时流露出安心的笑容。看来，来人是他的"同伴"。

雪村认得倒映在镜子里的其中一个人影。陪同酒鬼逸见的那一晚，从人行道旁的建筑物楼顶上坠落了一个盆栽。当时在屋顶上的人就在眼前，也就是说，他的目标不是逸见，而是警告在大使房间拆除窃听器的雪村……

他们悄无声息地走入大使的房间。一共六个人。

正如雪村预想的那样，这六个人都是ＵＦＡ片场的工作人员。他们把雪村团团围住，停住了脚步。

他们发现雪村看起来还是泰然处之的模样，不禁面面相觑，困惑不已。最后，其中一人下定决心，主动问雪村：

"你打算怎么办?"

"我正在考虑。"

"可不可以请你保密呢?"

另外一个人说道。雪村对此不禁轻声笑了。在他国大使馆内安装窃听器,这做法未免也太自私了。

"可不可以先告诉我,到底是怎么一回事儿吗?"

雪村压低了声音。

"听完了我再做决定。"

他们面面相觑,似乎忧心忡忡。不久,才有其中一人下定决心。

菲利普·朗的逮捕令尚未发布之际,UFA的电影工作人员碰巧在场。朗一旦被捕,事态就再也无法挽回了。他们急忙联系朗,劝朗即刻出逃,但此时纳粹已布下天罗地网。朗首先需要找到藏身之所。起初,他轮流躲藏在电影工作人员的家中。盖世太保随即闻风而动,险象环生。恰巧一名工作人员的妹妹初到施工中的日本大使馆工作。考虑到盖世太保的手不会伸到身为同盟国的日本的使馆中,所以,朗暂且匿于施工中的日本大使馆里。与此同时,贿赂施工方,请求他们在大使的房间中利用错觉在墙上开出一间密室。在房间中安装大量窃听器自然是为了准确掌握房间主人即日本大使的动向(自有声电影出现以来,录音师最拿手的就是在隐蔽之处埋放麦克)。不过,日本大使比德国人更崇拜纳粹,绝对不能让其察觉朗的存在。之所以朗"可以宛若幽魂般"出入镜子,就是从窃听器中获取到信息。

回想起来,这件事荒唐至极,可那时命悬一线,只好出此下策。

"我们会尽快找到解决的方法,希望你无论如何帮忙保守秘密……"

听到这里，雪村不禁皱眉。为了眼前这名面色苍白的矮个男子——菲利普·朗，身处房间的这些人竟然铤而走险。他们藏匿戈培尔亲自下令通缉的犯人。这件事若是败露了，他们绝对不会有好下场，真的会演变成拼上性命的事态。对他们而言，朗是值得拼上性命也要保护的人吗？这种做法太外行了。然而，也许正是因为他们这种临时起意的门外汉做法，才能钻了盖世太保的空子，至今没有被发觉吧。

雪村沉思半刻，问道：

"逸见先生知道这件事吗？"

一名工作人员摇了摇头。

"那个人什么都不知道。逸见先生他在金钱方面怎么说好呢……出手非常大方……所以……只是请他'配合'而已。"

配合而已啊。

雪村轻哼一声。

戈培尔指责拍摄预算超支时，逸见由衷感到意外，不解地自语道"这一次的花销应该没有那么大呀"。原来他的电影制作费都被挪用在此处了。

不过，能让巨额资金轻易被挪用，逸见自己也有问题。作为企划、主演、导演以及制片人，他拥有超乎常人的才华，正因为如此，他无法区分现实与虚幻。也许，常年从事电影工作的人都会变成逸见这样吧。

雪村注意到众人不安地盯着他，等待着他给出答复。

怎么办呢？

雪村摸了摸下巴，突发奇想。他问朗：

"可以让我看看你拍的电影吗？"

9

"你怎么了?"

逸见听到有人在身后喊自己,吓得差点儿从椅子上跳起来。

转过椅子,逸见发现雪村站在他入住的酒店房间中。雪村歪着头,和善白皙的脸庞上浮现出疑惑的神色。

"你什么时候……不对,你怎么进来的?为什么会在我的房间里?"

逸见边问边慌慌张张地把摊在桌上的信件塞进其他资料中。

"你还问我为什么……"

雪村不解地皱了皱眉。

"不是逸见先生你说的吗?昨天你的确对我说过'来酒店接我,一起去片场',对吧?"

是啊,逸见总算想起来了。前几天,他邀请自称电影爱好者的雪村去UFA片场。但是,正巧碰上戈培尔临时来访,片场上下慌乱无比,无暇带雪村参观,所以才打算重新邀请其参观。

"门没关。"

雪村耸耸肩,回答了逸见的另一个问题。

"我敲了好几次门,也喊了你好几次,见房中没有任何回应,不禁有点担心……是不是打扰你了?"

"没有,不要紧。没什么问题,别介意。"

逸见依旧稳坐在椅子上,摊着双手。这句话与其说是说给雪村听的,更像是安慰自己。

"真是间奢华的客房。"

雪村环顾四周,赞许不已。

"天花板好高啊。空间宽敞舒适。地毯松软,高级家具厚重感十足。浴室铺设的全是大理石吧？和我住的那种廉价酒店简直有天壤之别。不愧是阿德隆酒店。"

这是柏林数一数二的豪华酒店。

接受德方邀请时，逸见与宣传部协商，获许在拍摄电影期间入住阿德隆酒店。

艺术需要穷奢极欲。

这是电影人逸见的座右铭。

他走遍世界，以一己之力得到一切，入住豪华酒店，享用顶级料理，品尝高端佳酿。迄今为止都平安无事。应该如此才对——

"你怎么了？"

雪村又问了一遍。逸见这才缓过神，抬起头，只见雪村一脸担心地看着自己。

"你看上去不太舒服呀，刚才好像也没有听到我敲门……遇到什么麻烦了吗？"

问我遇到什么麻烦了？

这句话简直是在我的伤口上撒盐啊。

听到对方这句无心的提问，逸见险些大发雷霆。但是，细细想来，雪村毫不知情，对他发脾气又能如何。

"哎？这是什么？"

雪村疑惑地自言自语，捡起脚边的资料，照实念了出来。

"……如果不希望我们向盖世太保告密的话，今后须对我们言听计从……"

糟了！

逸见差点飞扑过去，抢回雪村手上的资料。

一阵尴尬的沉默之后，雪村问道：

"这是什么资料？"

"没什么。请你忘了它吧。"

"怎么可能没什么？"

雪村难得正颜厉色。

"无论如何这都是封恐吓信吧？'如果不希望我们向盖世太保告密的话，今后须对我们言听计从'？逸见先生，这倒底是怎么回事？你被什么人威胁了？"

"被谁威胁了？他娘的，天晓得！老子还想知道呢！"

中烧的怒火终于按捺不住，破口大骂一通后，逸见靠着椅背，仰望着天花板，两手抓着精心打理过的头发。

雪村小心翼翼地提议道：

"要不报警吧？"

"报警？告诉盖世太保吗？"

逸见疲惫地摇摇头。

"别开玩笑了。"

国家秘密警察——通称"盖世太保"，原本是纳粹党内部的调查组织，在纳粹夺取政权后，势力迅速扩张。他们驱逐德国旧有的警察组织，掌握国内"维持治安"的绝对权力。他们为了拿到利于自己的口供而不择手段。如同字面的意思，的确"不择手段"。没有人可以毫发无伤地走出盖世太保的审讯室。无辜良民受了刑，几乎丢了半条命——甚至遭到虐杀——这样的例子让人不胜其烦。

"但是，日德两国是盟国。他们怎么也不会对日本人乱来吧。"

逸见默默地用力摆摆手，坚决否定了雪村的提议。

仅仅因为看不惯别人的眼神，那帮人就能将无辜人凌虐致死。无论发生什么事，逸见绝对不愿意和他们有半点瓜葛。

"逸见先生，你做过什么事呀？"

雪村问道。

"对方用什么把柄恐吓你的呢？"

逸见略作沉吟，摇了摇头，叹了口气答道：

"寄件人指控我私自挪用纳粹的钱。"

"纳粹的钱？你真的犯了这种滔天大罪吗？"

"可以说'有'，也可以说'没有'吧。"

逸见用指尖梳理着小胡子。

"这就像是硬币的两面。或者说，是见解有分歧。为了拍出佳作，无论如何都要斥巨资。就这层意义而言，可以说我挪用了影片制作费，也可以不算，都投资在拍好片子上了。反正只要电影大热，这点儿小钱立刻就能赚回来。不过，恐吓者似乎掌握了某些证据。"

"这样啊。"雪村歪着头，轻声自语道。突然，他好像想起什么似的拍了下手。

"那么，对戈培尔阁下开诚布公如何？听闻他颇懂艺术。坦白地把钱的去向告诉他，他应该会明白的——"

"不行！绝对不能这么干。"

逸见慌了神，打断了雪村的提议。

"要是被戈培尔阁下知道就遭了。唉，你可不知道，怎么说好呢……实际上戈培尔阁下他是位难以取悦的人。"

逸见急于解释，额头浮现细密的汗珠。

实际上，他的把柄不只是盗用公款。

倒不如说盗用公款还在其次，一同寄来的照片才是关键。

照片是偷拍的，拍的是逸见与女明星玛尔塔·赫曼有失检点的床照。戈培尔曾经警告逸见不准染指赫曼,因此绝对不能让他知道这件事。

逸见擦擦额头的汗,一抬头看到雪村诧异地看着自己。

"那你打算怎么办呢?"

逸见耸耸肩,轻描淡写地说道:

"三十六计走为上呗。"

一旦发生任何问题,立刻脚底抹油。这是逸见的座右铭之一。无论在日本还是美国,他一直如此行事。这次也不例外,毕竟自己才华横溢,演员、导演、企划或是制片无所不能。他坚信可以只身闯天下。但是——

"那你打算逃到哪里呢?"

雪村再度追问,把逸见问得哑口无言。

仔细想想,无论是美国还是日本,他都回不去了。即便逃出德国,德军势卷欧洲。要是选错了地方,反而会弄巧成拙。

逸见转过椅子,在桌上摊开世界地图。说起追兵鞭长莫及、还能让自己有所发挥的地方嘛——

一只手越过逸见的肩膀,从桌子上拿走了恐吓信。

"喂!"逸见惊呼一声,刚想伸手抢回来,却被雪村制止了。

"你要干什么?还给我!"

逸见还没站起身,就被雪村轻易制止了。雪村仔细看了一遍恐吓信。

"德国制信纸上却用了苏制墨水——'苏联蓝'。而且,从行文中分离动词的使用方法可以看出,写这封信的人母语为俄语的可能性非常大……"

雪村仿佛瞬时变了个人,喃喃自语的样子令逸见不禁一愣。

"最近,你有没有觉得被人跟踪或遭到监视?"

雪村突然回头问逸见。

对方默默地摇了摇头。

"那么，果真是间谍干的吧。"

雪村眯起双眼，喃喃自语般地快速说道。

"要挟你的人恐怕是苏联间谍。但是，他们为什么会潜伏在柏林呢？混入 UFA 的企图到底是什么呢？"

"喂，雪村……你？"

逸见小心翼翼地插话。眼前这个男人，与逸见迄今为止认识的好青年兼电影爱好者——来德负责大使馆内部装潢的腼腆年轻人——雪村幸一简直判若两人。

雪村转头看向逸见的眼神锐利得仿佛可以将对方看穿，他压低声音提议道：

"我们联手解决这件事吧？我们亲自抓住这个恐吓你的人，把他交给纳粹。这样一来，纳粹应该也会对你挪用公款等微不足道的事情睁一只眼闭一只眼。以及……"

雪村的嘴边浮现出一丝可以称之为凄惨的笑容。

"染指戈培尔阁下看上的女明星。"

呃……

逸见瞠目结舌，用力吞了口水，用嘶哑的声音从牙缝里挤出一句话。

"你……汝究竟为何人？"

"正如你在宴会上分析的那样。"

雪村露出了庐山真面目，英姿勃发，压低声音说道。

——我是日本间谍。

10

"这是我军机密。请勿外传。"

雪村轻笑低语,突然灵机一动问道。

"最近你是不是打算晋谒希特勒元首?"

"我想起来了,后天戈培尔阁下的宅邸将举办一场圈内人的宴会,影界人士云集。传说,元首可能会来露个面……"

"就是它了!"

雪村打了个响指。

"我猜苏联间谍的目的就是刺杀希特勒元首。若是在纳粹二号人物——戈培尔的宅邸举办的私密宴会上成功暗杀元首,德国瞬间就会分崩离析。"

暗杀希特勒元首?德国分崩离析?

逸见听傻了。

"等等。我有点理解不了。到底是怎么回事……"

你听我说——雪村直视着逸见的眼睛,迅速解释道:

"苏联间谍抓住了逸见先生的把柄。无论多么清廉正直的人肯定也有弱点,这是没有办法的事儿。即使自己没有发觉,绝对也有不想公开,或者说无论如何也不愿意被某个人知道的秘密。间谍的工作就是探寻这种秘密,利用这个把柄,操控目标对象。即便是我,也搞不清楚苏联间谍目前具体的想法。他们可能打算对你洗脑,把你培养成刺客,也可能只是想让你做内应,带刺客混入宴会。逸见先生,唯一可以确定的是哪怕只有一次,无论为他们做了多么微不足道的事,从你遵从他们指示的那一刻起,你就落入他们的股掌之中,越陷越深,绝对无法从他们的魔掌之中逃脱。前方等待你的只有身败名裂。"

"那么……我该如何是好？"

逸见宛若抓住救命稻草般向雪村求教。

"只能我们亲自解决。"

雪村点点头，斩钉截铁地说道。

"与恐吓你的苏联间谍决战——你我二人携手。"

办得到吗？

逸见不禁茫然。

"他们下达过详细指令吗，比如接头方法等？"

逸见赶忙再次浏览恐吓信，低低念道：

"'午夜时分只身一人前往乌尔邦卸货码头'……就在今晚！"

雪村确认过时间，又看向逸见，冷静地说道：

"没时间了，我们赶紧走吧。"

柏林深夜时分——

施行灯火管制的城市一片黑暗，只听得石板路上传来阵阵脚步声。

兰德韦尔运河流经柏林市区之南，恐吓信里指定接头的"乌尔邦卸货码头"就是设在这条运河中途的货船码头。

逸见被一阵寒风吹了个透心凉。

现时节，运河冰封，横穿而过的寒风似乎要将所有生命拖入寒冰世界之中。逸见匆匆换好衣服，便依计随雪村贸然离开温暖舒适的阿德隆酒店。早知道这么冷，应该多套一件衣服。他的脑海里闪过一丝不满。

——没时间了。

雪村催促着逸见。可是，从酒店直接赶赴乌尔邦码头的话，时间应该相当充裕才对。逸见提出这个疑问后，雪村吃惊地耸了耸肩。

"他们肯定会监视你的一举一动。间谍的铁则就是'出其不意'。我们迂回其后，暗中观察他们。而且，他们很可能带武器了，我们可不能手无寸铁呀。"

沿着复杂的路线在市区迂回而行（中途，雪村对逸见窃窃私语道"这么做才能甩开尾巴"），最后赶到路易斯河岸路。

兰德韦尔运河在前方流淌。沿着这条运河，就能到达指定地点。

"第三个入口，五、六之间……"

雪村咀嚼着这句神秘的话，在正对运河的一排廊柱间徘徊。忽然，他停下来，双脚微张，左右窥探，不敢有一丝大意，压低了嗓音说：

"逸见先生，请你过来！"

逸见立马飞奔到雪村身边。

"我负责监视，逸见先生，请你按照我的指示行动。"

逸见按照雪村的指示，趴在运河旁的石板地上。尽管冰封河面，但淤塞的运河发出的恶臭仍旧扑鼻而来，令逸见不禁作呕。

"沿着石板地的边缘摸一摸。"

雪村毫不在意，冷冷地继续说道。

"请你摘掉手套……指尖的感觉十分重要。"

逸见无可奈何地摘掉手套，依言逐一搜寻着冻结的石头，果真被他摸到一样东西。石下似乎人为安装了把手，一拉把手，石头立刻松动脱落。伸手探入打开的坑洞，摸到一包密封的包裹。

"小心！"

雪村的声音从上面传来。

逸见差点儿失手，还好成功取出了包裹。他深深地喘口气，回过神来才发现身处天寒地冻之中，额头却在不知不觉间冒出豆大的汗珠。

雪村接过包裹，立刻拆封。里面装了两把手枪。他熟练地检查后，满意地点点头，看样子两把枪都没问题。

他把其中一把递到逸见面前。

"请您带着它。"

逸见反射性地接过枪，才仔仔细细地打量起来。这是一把瓦尔特P38，前几天刚刚在拍片时用过同款手枪——

"我们走吧。"

雪村低声催促着，率先走了出去。

"这边……"

雪村紧靠墙，回头向逸见打着手势。

逸见猫着腰，小跑来到雪村身旁。

雪村侧着身，示意逸见查看墙后的动静。

逸见心惊胆战地探头一看，才发现从建筑物的间隙中恰巧可以一眼望尽乌尔邦卸货码头。这是恐吓信的主人指定的接头地点，距离约定的时间还有十五分钟左右。

"目前没有可疑的动静。"

雪村附耳低言。

"我们暂且在此处等等，看看对方是何方神圣。"

逸见默不作声，轻轻地点了点头。

雪村选择的"埋伏地"是离运河稍远的废弃工厂。砖砌建筑十分坚固，如今却沦为无人使用的荒废之所，墙上喷满涂鸦，破窗上信手钉着木板。

逸见听任雪村继续监视码头，自己仰望着夜空。

冬季晴朗的夜空中高悬犹如镰刀般细长的月牙，澄净的月光宛若飞霜洒向大地。凭借月光足以监视码头的一举一动，但是——

事情怎么会发展到如今这个地步呢？

逸见困惑不已。

在酒店房间里收到来路不明的恐吓信。这封信的确是整件事情的开端。不知道寄信人是何方神圣，发觉的时候这封信已经从门缝里塞进来了。信中说要把逸见的秘密透露给盖世太保云云。此时，雪村现身了。原以为他只是一名自日本而来、腼腆羞怯、喜好电影的年轻室内装潢师，没想到对方一见恐吓信，根据墨水颜色与作字行文分析，就识破恐吓者是"苏联间谍"。接着，雪村一口咬定"我们亲自抓住这个恐吓你的人，把他交给纳粹。这样一来，纳粹应该也会对你挪用公款等微不足道的事情睁一只眼闭一只眼"。逸见对此哑口无言。雪村和盘托出自己是日本间谍。随后，逸见遵从雪村的指示，心惊胆战地来到这个鬼地方……

想到这里，逸见忽然在意起外衣口袋里的手枪。

那把瓦尔特 P38 不是电影中使用的道具，而是只要扣下扳机便可以置人于死地的真枪。

逸见摇摇头，感觉自己好似电影中扮演的国际间谍的角色。可是——

这里可不是片场。呵气成霜就是证据。一动不动就会瑟瑟发抖。身旁没有召唤一声就会送来热饮的工作人员。

"喂，雪村。"

逸见轻声招呼监视着码头的雪村。

"我刚才想了想，那封恐吓信会不会是假的呢？"

嘘——雪村回过头，把手指放在唇上，示意逸见不要出声。他眯着眼、竖着耳朵，好似警戒四周。忽然间，雪村的脸上浮现出错愕的表情。

"糟了，我们中计了。逸见先生，快趴下！"

逸见被猛地推了一把，向前一摔，跌倒在地。

同时，头上有什么东西破裂，碎砖破瓦哗啦啦地倾泻下来。

怎么……

逸见不知道到底发生了什么，茫然不知所措。

"去那儿躲着！"

雪村抓住逸见的胳膊，把他拉起来，推到另一栋建筑物后。

回头一看，强光扫过方才二人藏身之所。是探照灯！转瞬间，枪林弹雨向砖墙扫射。碎砖破瓦四散，逸见不由得低下头。

此时，耳畔传来枪声，逸见抱头缩项，抬起头，只见雪村从藏身之所探出头，开枪反击。回击两三下后，又躲到建筑物后。

"到底怎么回事呀？"

逸见缩着脖子、低着头，问身旁的雪村。

"对不起。我想得太天真了。原本打算将计就计，没想到竟然被对方反将一军。"

雪村懊恼地说道。

"那封恐吓信也许是引我们上钩的圈套。如对方所愿，我们掉入他们布下的陷阱——被他们看透了咱们的路数。"

"掉进陷阱了？开什么玩笑，你要怎么负这个责……"

逸见还没抱怨完，就把话咽了回去。

从雪村侧腹部的破裂衬衣处不断渗着血。

"你中枪了？"

"没事……不要紧的，只是擦伤。"

雪村解开衬衣前襟，确认伤情。逸见见状凑近一瞧，不由得倒吸一口凉气。雪村的确伤得不重，仅仅被子弹擦伤而已。但是，他的侧腹部有一大块月牙形的旧伤。

"这处伤是？"

"以前在别的任务中受的伤。"

雪村浅笑着回答，重新穿好衬衣。此时，子弹再度袭来。射中了他们附近的地面。

逸见护住头，一旁的雪村开枪反击。这一次射向了其他方向。

"糟了，我们被包围了……"

逸见闻言险些哭出来。

"怎么办？怎么办啊？我该怎么办？"

"让我想想。"

雪村冷静地答道。环顾四周，目光突然停在某处。他默默地示意远处一条窄巷深处，挂在墙上的一面镶板。似乎废弃了很久，板面模糊不清，几乎无法称其为镶板了。但是，借着月光仔细端详，其中映出与巷子呈直角位置，亦即逸见他们方才藏身的建筑物后方的高堆木箱。木箱上写有"危险　炸药"等字样——

"那伙人没发现。"

雪村低声自语。

"我们得想办法引爆它，然后趁乱逃走。"

"可是……"

忽然，二人被强光锁定。雪村迅速回击，揽住目眩的逸见肩膀转移。身后不断传来枪击声。好险啊！逸见用力眨着眼睛，视力恢复之后，探照灯刺眼的光芒消失了。看来雪村击中了对方。

"刚才是最后一发子弹了呀。"

雪村咂舌。他只思索片刻，便回头对逸见冷静地问道：

"逸见先生，可以借用你的手枪吗？"

逸见看到了雪村毅然决然的神色。雪村把手伸进逸见的口袋中，拿出手枪，解除安全装置。

"雪村，等等。你该不会打算……"

"请你一定要安然无恙。"

说着，雪村露出一丝浅笑，从藏身处猛地冲了出去。

"雪村！"

接连不断的激烈枪声响起，吞噬了逸见的呼喊声。

逸见不由得低下了头。最后映入他眼帘的是雪村冲进窄巷的身影。

刺目的闪光映白了地面，旋即响起震耳欲聋的爆炸声。一波波气浪随之而来，冲撞着逸见。

他抬起头，想看看到底发生了什么。瞬间变得困惑不解。

怎么回事……

他不知不觉地忘记了自身的危险，愣在原地，茫然地望着不断绽放在冬季夜空中的烟花。

11

他只觉得自己恍如梦中，又似堕入五里雾——

逸见失魂落魄地仰望着接连射上冬季夜空中的烟花，回过神来已经被盖世太保团团围住。

他不由分说地被盖世太保推入车中带到总部。逸见没有反抗、没有辩驳，也没有提出疑问。若敢轻举妄动，只会被当场射杀。

盖世太保粗暴地把他投入阴森冰冷的小房间。稍过片刻，逸见的头脑渐渐清醒，脑海中浮现出坊间关于盖世太保的种种流言——骇人听闻的逼供手法，拖出后门的尸体鲜血淋漓，常常少了几根手指——想到这里，逸见不禁胆战心惊。

片刻后，审讯官现身。逸见主动和盘托出。

昨晚，在酒店收到寄件人不明的恐吓信。恰巧此时，在本地结识的日本人雪村现身。他一见恐吓信，就指出此事与苏联间谍有关。决意合二人之力追查恐吓者的身份，埋伏之际反遭对方包围，受到攻击。正值走投无路时，雪村决定舍命一搏。穿越敌方的交叉火力，引燃炸药……

　　逸见说着，依旧觉得那是一场没有真实感的梦魇。

　　审讯官沉默不言，仔细侧耳倾听。待逸见全部坦白后，他把双手再度放在桌子上问道：

　　"我有几个疑问。"

　　"您请问……您有什么问题？"

　　"有什么证据证明你的话是真的呢？你提到的那封恐吓信在哪里？"

　　逸见皱皱眉头。记得他们离开酒店前，雪村似乎说过"信放在我这里保管"，把它放进了口袋。自己手上没有证据。

　　他如实回答后，审讯官吃了一惊，哼了一声继续审问。

　　"对方拿什么恐吓你的？"

　　逸见顿时哑口无言，但随即答道：

　　"信上说，我私自挪用宣传部交给我的新片制作费。这当然是一场误会。寄送恐吓信的人捏造伪证——"

　　审讯官摆摆手，打断逸见的话。接着问道：

　　"那个叫雪村的是什么人？为什么'他一见恐吓信，就指出此事与苏联间谍有关'？每个日本人都这么手眼通天吗？"

　　"不是的，雪村他……怎么说好呢……"

　　逸见支支吾吾，低下了头。雪村确实叮嘱过他的身份"是我军机密，请勿外传"，可是——

　　逸见悄悄抬起头，偷看审讯官，和对方冰冷的视线撞个正着。他在口中念诵一声"南无阿弥陀佛"。可恶,顾不了那么多了。这可关系到身家性命啊。

"雪村是货真价实的日军间谍……"

逸见还没说完,审讯官的唇畔便扬起奇怪的弧度。

"原来雪村先生是日军间谍。既然如此那就难怪啦。毕竟他是为了完成任务才丧命的。"

雪村已经死了吗?

逸见目瞪口呆。说起来,他根本没有考虑到雪村的下场,一心以为雪村可以顺利脱身——

"我们在现场找到一具疑似日本人的尸体。逸见先生,我想请您帮忙认尸。"

逸见的脑子乱得很,随着对方来到地下停尸间。

对方要他认尸,但遗体已经被盖上白布,无法看到面部。

"遗憾的是他有半个脑袋被炸掉了。"

常驻停尸间的白衣老者从容地解释。

"所幸左手完整无缺。从日本大使馆采集到的指纹与尸体的一致,应该不会有错。但是为了保险起见,请问雪村先生身上有没有可以确认身份的特征?"

看来他们趁逸见在审讯室中等候之际,从日本大使馆中采集了指纹。逸见皱皱眉,想起一件事。

雪村中枪时,为了检查伤势解开了衬衣。逸见看到他的侧腹部有一大块月牙形的旧伤。据说那是以前在别的任务中受的伤……

逸见说罢,白衣老者满意地点点头,掀开白布让逸见认尸。

"是这个伤痕吗?"

逸见咕咚一下吞咽着口水,回答道:

"没错。"

"确认身份了。"

逸见茫然地盯着再度被白布盖好的遗体。忽然，他被人左右架住，拖着走过长廊，从建筑物的后门粗暴地扔了出去。他脚下一滑，在冻结的地面上摔了个屁股墩儿。

"刚才接到戈培尔阁下的命令。让我们'留你一条小命'……哼，真是个走了狗屎运的小子。快滚！"

把逸见叉出后门的男子虎背熊腰的。他一脸遗憾，重重地关上门。

逸见小心翼翼地站起身。结结实实地摔了一跤，屁股很痛。还好自己活着，没有缺胳膊少腿，脑袋没有搬家，一根手指也不少——只能说是万幸。

这是怎么回事儿？

逸见有点儿纳闷。

至少似乎不再追究他挪用拍片经费的事儿了。否则，他不可能活着离开盖世太保的总部。

无论如何也该收手了。趁着戈培尔阁下心意未改，三十六计走为上策……

逸见走到大路上，站在第一家遇到的店铺前，看着橱窗玻璃中映出的身影整理仪容。他边用手指理顺杂乱的胡须，边在脑海中摊开一张世界地图。

美国回不去了，日本也不成。欧洲嘛，无论哪个国家都形势堪忧。这么一来——

想到这里，整理胡须的手指突然停下来。

南半球怎么样？

逸见回想起旅行途中曾经逗留过的某座港口城市。欧式城市充满异域风情。据住在那座城市的朋友说，他把粮食和物资出口给战事频繁的欧洲，因此赚了一大笔钱，最近的日子过得相当舒心。也许那里也需要电影吧？

等他回过神来，只听得耳畔传来巴扬演奏的别具一格的哀愁曲调。仔细想想，厚重悲壮的瓦格纳歌剧似乎更适合自己的处境……

好吧，就这么定了。下一个目的地是阿根廷。尽管漫无目的，不过船到桥头自然直。那里一定有许多惊艳的美女等着我的到来！

逸见迅速对着橱窗玻璃中的自己摆了一个胜利的手势，然后昂首挺胸，迈步离开了。

12

——真会给人找麻烦。

与雪村背对而坐的男子特意低声对他说道，边说边若无其事地打开报纸。

这里是位于德国西北部的村落不来梅港。

城市以北正对大海，因此城市中的每个角落都充满海潮的气息。

雪村坐在可以俯瞰大海的高台凉亭上，远远望着当地穿得滚圆的孩子们玩耍。

坐在他背后的男子边翻看报纸边头也不回地塞过来一封信。雪村顺手接过来，迅速放入口袋。信封里装的应该是新护照和护照持有人的伪造经历。

——这次算你欠我的。给我记住了。

男子压低嗓音说道。雪村只是耸耸肩算作回应，目光仍然停留在沉迷玩雪的孩子们身上。

这一次的确受了他们的恩惠。

身后这名男子是潜入德国的另一名日军间谍——他不是雪村那种短期任务执行者，而是在德国凭借一己之力建立情报网，将搜集到的情报送往日本的"长期潜伏人员"。

雪村联系到这名男子，委托他准备一具与自己身材相仿、来历不明的亚洲人尸体。雪村提前采集了尸体上的指纹，故意把指纹留在大使馆。准备好的尸体侧腹部恰好有一个醒目的新月形旧伤，对于间谍而言，这种巧合正是为了利用才存在的。雪村在自己的侧腹部伪造了一个形似的伤疤，故意在混乱中让逸见看到，并对他解释这是"以前在别的任务中受的伤"。从爆炸现场搜寻到"无脸尸体"的身份就会因为指纹和新月形旧伤而判定为雪村本人。

到此为止，可以说是一切按计划行事。此次任务本来就需要雪村幸一从德国销声匿迹，对方应该也心知肚明。这名男子的任务就是协助作为室内设计师入德的雪村幸一合情合理地消失。所以，男子所说的"亏欠"并非指这件事。

——间谍惹出这么大的动静，可真是前所未闻。

身后的男子挖苦道。

——进出 UFA 时，不知不觉地爱上电影了吗？

虽然嘴上不饶人，但似乎只是对此事颇感兴趣而已。

雪村不由得苦笑起来。

爱上电影了。

说起来似乎的确如此。

雪村故意惹出这么大的动静，是因为他遇到了年轻的犹太裔天才导演——菲利普·朗，还欣赏了朗的作品。

逸见五郎情急之下对戈培尔那番胡乱辩解——闹鬼的言论——让雪村发现了日本大使馆的镜后密室，以及匿身其中的菲利普·朗。

那一晚，在崇敬朗的UFA工作人员的包围下，雪村被迫做出决定。朗是纳粹的通缉犯，将其交给当局，事情就可了结（对于受过间谍训练的雪村而言，制伏这几名电影工作人员易如反掌）。

雪村摸了摸下巴，突发奇想。他问朗：

"可以让我看看你拍的电影吗？"

他也不知道自己为什么会这么问。但是，听到他的话，朗和工作人员们相对而视，兴致勃勃地准备临时放映会。

看着朗在使馆白墙上放映的作品，雪村心想：怪不得纳粹宣传部长戈培尔会怒气冲冲了。影片不仅捕捉到纳粹冲动暴力的本质，还将其拍摄成为富有娱乐性的作品，既滑稽又精彩。不禁让雪村想欣赏更多朗的作品。

纳粹德国是日本的军事同盟国。无法公开对抗盟国的计划。但是——

既然观赏了菲利普·朗的电影作品，雪村就无法将其交给纳粹。

戈培尔带领里芬斯塔尔造访UFA片场的那一日，原本为了搜捕朗而来。在UFA片场中，大部分工作人员，或者说迎合当权者的人都赞同纳粹的反犹太主义。有人听闻工作人员窝藏朗，向盖世太保告了密。结果，纳粹宣传部长戈培尔才会亲自造访片场，故意在片场说出那番言论——"不知道为什么在此处目击到原本不应该出现在这里的人。果真如此的话，也只能称其为鬼了。"言下之意就是威胁在场的人,"你们把人藏起来也没有用。那人已经死了"。事实上,这番言论的确把好几个工作人员都吓坏了。

朗的作品带来的影响力和危险性,戈培尔最为心知肚明。

只要把朗押送到犹太人强制收容所,世人便再也无法看到朗的作品了——

雪村决定放朗一马。

被人指责"爱上电影"也无可奈何。

不过,如今出入柏林的人,不分昼夜,无论采用步行、搭火车或开车等哪种交通工具,都会遭到盖世太保的严格检查。何况朗还是宣传部长戈培尔亲自下令通缉的"要犯"。无法瞒天过海带他离开德国。那么——

既然无法掩人耳目,索性就放手一搏。

逸见遭到牵连的那场"间谍游戏"是雪村联手UFA工作人们的自导自演。恐吓信也好,藏在运河石板下的手枪也好,不知何处飞来的流弹也好,窄巷深处的镶板也好,还有最后射上高空的烟花,这一切都是他们精心布置的闹剧。

在灯火管制严格的漆黑冬夜中,烟花突然不断绽放,百姓们一定会抬头观望。仅仅在这一瞬之间,任谁都会放松警惕。

比如,在烟花绽放的卸货码头附近,盘查赫尔曼广场卡车队的盖世太保们应该也会抬头看上一眼才是。盘查中的其中一辆卡车货斗上堆满了木箱。箱子里装着苹果、土豆和红菜头。它们被钉得结结实实,刚刚盖上"已过检"印章。其中一个箱子被巧妙地动了手脚——它可以从侧面打开。如果事先知道放烟花的正确时间,周围的路人齐心协力让恰巧经过卡车旁的某个人瞬间钻入木箱,再盖上箱盖的话,并非痴心妄想。

朗藏身于堆放在卡车货斗的木箱中，逃离了柏林。如今，他已经穿越中立国的国境了吧。而后，美国的犹太人组织就会收留他。

雪村的脑海中浮现出朗那张略带神经质的瘦长脸庞。

这位看上去不怎么可靠、寒酸的矮个男子竟然俘获了电影艺术世界的美之女神的芳心——唯有被瓦尔基里垂青的"真正的勇士"，才会获许进入瓦尔哈拉神殿——真是不可思议。

"于我而言，只是照指示完成任务。"

雪村故意转移话题，装傻充愣般说道。

"你们不是说过，'在逸见挪用纳粹资金从而引发纠纷之前，劝他离开德国吧'。"

——胡说八道。

身后的男子轻声笑道。

——目标是媒体吗？

那人旋即步步相逼，毫不留情地问道。

果然被看透了呀。

雪村轻轻耸了耸肩。

间谍原本应该是"不起眼的小人物"。这一次，雪村之所以放手一搏，坦白讲不仅仅是为了朗，也不是为了让逸见离开德国。

纳粹掌握政权后，完全控制了德国国内的媒体。反过来说，只要分析德国国内的媒体报道，应该可以摸清纳粹的方针。在这次作战中，雪村向盖世太保暗示苏联间谍暗中利用逸见的可能性。面对盖世太保的审讯，逸见——反正他眼睁睁看着雪村遇害了——应该拼命控诉"恐吓者是苏联间谍说"。

面对盖世太保的审讯，逸见肯定会主动供出雪村是日本间谍——这也在雪村的计划之中。

　　灯火管制的冬季夜空中突然有烟火绽放。几乎所有柏林市民都目睹了这一幕，无法对之视而不见。之后，宣传部接到盖世太保的报告，就会对各个媒体发出指示，只要仔细分析他们如何报道这次的事件，应该能看出纳粹对苏，甚至对日的方针政策。

　　这才是雪村放手一搏的真正目的。换个角度来看，雪村间接利用甚至多重利用了逸见。一方面，雪村事先采取了必要措施，保证逸见可以从盖世太保手中安全获释。具体来说，他填补上逸见挪作私用的电影制作费，篡改账目，抹去了营私舞弊的痕迹。另外，雪村与新锐女星玛尔塔·赫曼有所往来，引导她讨好戈培尔。一旦身为日本人的逸见遭到盖世太保"杀害"，德日关系必然会有嫌隙。无论如何都要避免发生类似事件。

　　所以，只好放手一搏。这件事暂且不提——

　　雪村皱了皱眉头。

　　比起纳粹日后的方针政策，日本国内反倒出了问题。

　　来到柏林后，雪村终于明白了一件事。在日本大使馆内安装窃听器的不是纳粹。他们没有安装窃听器的必要，因为驻德大使本身就是纳粹的信徒，甘愿成为纳粹的人肉窃听器。

　　应召回国的驻德日本大使本是前德国大使馆的军官，隶属日本帝国陆军的将校。古语有云，"军人好政治，政治家好战。但双方必遭失败。"不过尽管如此，陆军现役军官受命成为驻外大使仍为特例。任命理由似乎因为他是个"德国通"，从结果判断，只能说有其他力量影响了人事任命。

　　在日本国内——而且是拥有任命大使权的重要人物身边，潜伏着德国间谍。纳粹不仅向各同盟国的权力中枢输入间谍，搜集机密情报，甚至不择手段影响大使任命等事，以利国家。

目前，驻德日本大使回国接受调查。从中间调查报告来看，大使似乎受命于德而非日本。既然他外泄本国外交机密，势必需要更换大使。可是，如果无法根除潜伏在日本国内纳粹间谍的干扰，便免不了重蹈覆辙，再度任命一个甘愿给德国而非日本卖命的家伙。

——你打算用那个回国吗？

男子的话令雪村回过神来。他眯起双眼，皱皱眉头。那个？莫非是……

——那可是铁棺材。你是不是疯了。

男子嘲笑般说道。雪村顿时杀意四起。上面叮嘱他的话回荡在耳畔。"这可是最高级别的机密任务，不能被任何人知晓。"就算对方也是日本间谍……

——算了吧。

背后的男子发觉到雪村的杀气后警惕地拉开架势，低声劝道。

——一旦动了手，我们都不可能全身而退。两个日本人在德国的荒郊野岭里自相残杀算怎么回事儿呢。

雪村犹豫片刻后，打消了念头。

剑拔弩张的气氛缓和下来，耳畔再次传来孩子们玩耍的欢笑声。

用伊号潜艇开拓欧洲航线。

这才是此次派遣雪村潜入柏林的真正目的。

"绝不能让德方察觉出我方动向。"

离开日本之际，上面再三叮嘱。雪村特地同时接受数件任务，就是为了掩盖真正的潜艇任务而释放的烟幕弹。

——在你入棺前可不可以告诉我一件事。

身后的男子恢复了之前那种嘲笑般的口吻。

——作为日本帝国海军派遣的间谍，你觉得如今的柏林形势如何？回国后，你准备如何向上面汇报呢？

雪村思忖片刻，低声答道：

"纳粹的宣传政策迟早失败。只因为有犹太血统，拥有才华的电影人就要遭到放逐。纳粹的这种宣传政策注定受挫。如今，逃离德国以及遭到放逐的电影人在美国的好莱坞齐聚一堂。他们拍摄的反纳粹宣传影片将远超纳粹电影，让全世界人民为之倾倒。一如朗的作品。无论哪种形式，政治干预文化必然不会有好果子吃——这就是我的柏林报告。"

哼，背后的男子冷笑一声，大概正确解读出雪村按下不提的结论——"我作为一名海军，反对继续与德联手干涉欧洲纷争，否则可能会引火上身。"——才会有了如上反应。

"你呢？"

雪村反问。

"作为日本帝国陆军派遣的间谍，你对如今的欧洲形势如何判断？"

男子略作停顿后，似乎轻声笑了。

——我可没有告知你的义务。

雪村闻言苦笑。

的确如此。

日本海陆军之间不会情报共享，反而会相互隐瞒，一有机会还要趁机抢先。没有义务告知对方情报。雪村反倒在男子诱导下漫不经心地作答，这是他的失误。

不对，不是失误。

雪村缓缓地回头看向身后。

陆军的间谍……雪村记得男子的代号是"牧"……

雪村细细打量起看报男子冷漠的侧脸。

近些年，日本帝国陆军的谍报机关焕然一新。

基于传统，日本陆军只会重用从幼年学校一路培养出来的军人，形成一个排他的封闭集团。结果，陆军作风严重僵化，内部有"至高无上的精英集团"之称的陆军参谋总部短视的思想，常常被海军当成笑柄。

但在数年之前，日本帝国陆军内部发生了显著变化。某位陆军中校重新建立谍报机关，从军队之外各行各业挖掘优秀人才，对以往称为"外行人"的军外人士进行新式间谍教育。排除外界一切压力，凭借一己之力，彻底改换因循守旧的陆军谍报系统。魔王、D机关等只言片语也传到海军的耳朵里。他们的宗旨就是"只要还有一口气在，就要活着带回情报"。

雪村闭上了双眼。

铁棺材。

那名身为陆军间谍的男子如此形容。

日本海军的秘密武器"伊号潜艇"仍在开发，自己无法保证在这次的潜艇任务中活着回到祖国。但是，雪村不仅是间谍，同时还是——不，更是一名海军。对于军人而言，就要绝对服从命令。军令大如山。在这一点上，挖掘军外人士以打造间谍机关的陆军谍报机构与之有本质的区别。

此次，伊号潜艇归国的秘密返航是左右日本海军命运的重要计划。若是计划成功，就可以摧毁海下占据绝对优势的德国海军。但是，雪村乘坐开发中的潜艇走海路，也许会命丧海底。没办法，既然投身军营，难免马革裹尸。他唯一期盼的就是在死前能够将自己身为间谍搜集分析的情报托付给某个人，让这些情报分析能够派上用场。所以，他才顺水推舟，假意被对方套话……

雪村睁开眼，摇了摇头。

风传D机关的每位成员都优秀得厉害。恐怕对方早已看穿雪村的分析结果，才故意这么问，算是送同样身为间谍的雪村一程。考虑到那名男子在柏林的不凡身手，这还不是小事一桩吗？不过——

有点儿来不及了。

雪村再度摇摇头。

日本已经无可救药了。

这是他到柏林后最真实的感受。

日本大使的任命竟然违背了国家利益，依照某人的意志下决定。即便间谍搜集了机密情报，把正确的分析结果传回国内，本应将其善加利用的政治家们却是愚不可及，海陆两军的高层也都冥顽不灵。若仍处于这样令人绝望的处境，无论D机关的间谍多优秀，都无法让日本摆脱困境……

男子看完报纸，折好后从长椅上站起身。环顾四周——始终没有看雪村——不辞而别。

从此天各一方。

这就是间谍的宿命。

雪村把男子留在长椅上的报纸拿起来。

头版报道了德国各地举行圣诞活动的消息。热闹非凡的庆典，孩子们怀抱礼物，笑容可掬。完全感受不到战争带来的阴影——至少如今还感受不到。

雪村把报纸按原样叠好，手扶长椅，仰望天空。盖顶的积雪云间，冬日蓝天难得一见。上了潜艇之后，恐怕暂时见不到这番景象了吧。周围的孩子们欢声笑语，不厌其烦地玩着雪……

——该走了。

雪村依旧贪恋着蓝天，口中喃喃自语。

——要是平安回国，我就去看场电影吧。

他从长椅站起身，伸了一个大大的懒腰后，离开了凉亭。

舞会之夜 ————

1

"找到意中人了吗?"

身后有人压低了嗓音问道。加贺美显子闻言懒洋洋地回过了头。

方才说话的是男爵夫人户部山千代子,娘家旧姓大崎。从学习院大学的女子学院时算起,与显子相识已有二十来年。近年来,千代子富态了不少。她雪白丰润的脸颊浮现出随和的笑容,正在等待回答。

显子挑了挑眉毛,眼神似乎反问对方用意何在。

因为……千代子刚一开口便双颊绯红——这是她的老毛病——支支吾吾地说道:

"因为显子一直用那个小型望远镜痴迷地看着什么呀……"

如此一来,显子这才意识到自己一直把观剧用的小型望远镜握在手中。她默默地把望远镜放入手提包中。

"我猜到了。"

千代子打圆场般继续说道。

"这可是久违的假面舞会呀!你很想知道大家都怎么打扮的吧?"

身材小巧的千代子说着,踮起脚、睁大眼睛环视舞厅。

"前些日子的庆典热闹极了。听说天皇陛下身着陆军军装,皇后殿下戴了一顶宽边礼帽……"

千代子望着人群喃喃自语,猛地回头看向显子。

"显子好像比我更靠近天皇陛下吧,羡慕死我了。"

她噘着嘴说道，仿佛十分嫉妒她的老朋友。显子不禁苦笑。

那一日的庆典——

是指在东京皇宫前的广场上，由内阁主办的昭和十五年纪念庆典。

在纪念神武天皇建国第两千六百周年的庆典上，约有五万名外国人士受邀蜂拥列席。"满洲国"皇帝溥仪、美国驻日大使J．格雷、法国驻日大使C．亨利、德国驻日大使E．奥图以及意大利驻日大使M．因德鲁里等均携家眷一同出席。

身为"皇室重臣"的贵族们也有参加庆典的义务，按公侯伯子男的排序列席。显子的娘家是五条侯爵，她身为其中一员也出席了庆典。与身为"男爵夫人"参加庆典的千代子相比，她更靠近天皇陛下。不过，就算离得更近些，也并非近在咫尺，故而并没有什么值得嫉妒的。

近来，预计在东京召开的奥运会及世博会纷纷叫停，民众间弥漫着压抑沉闷的气氛。

昭和十五年纪念庆典恰逢其时，将人们的怨气一扫而空。事实上，世人已经陷入庆典中无法自拔。

赤坂区灵南坂町有一幢令人赏心悦目的白色三层建筑，那是美国驻日大使馆——通称"赤坂区的白宫"。托庆典的福，在此举办了久违的假面舞会。

千代子频频环顾舞厅。也许踮着的脚有些酸了，她深深地吸了口气，转过头看着显子，仿佛有些疑惑地问：

"显子，你今天为什么这么打扮呀？"

"没什么想法。"

显子轻轻耸了耸肩，言简意赅地答道。

一身裁剪简洁的绛紫色高领长裙配双层颈链，为参加假面舞会而准备的威尼斯面具象征性地遮住上半张脸，说起来也不算盛装打扮。

而千代子则身着和服，长发披肩，脚边还放着可以肩挑的水桶。看起来她装扮的是"汐汲人偶"。比起假面舞会，这身打扮更像参加化装舞会，不过，因参加舞会而聚集这里的大多数人都是如此，有些人扮成小丑，也有扮成天使、恶魔或是货郎的人。

"我打扮得有点儿嫩吧。"

千代子看了看自己的打扮，皱着眉头说道。

"可是，好久都没有举办假面舞会了嘛。有多少年没办过了呢？五年？还是十年？我都快记不得什么时候办过舞会了。这才恍若回到年轻的时光，兴奋地出了门……"

千代子的话戛然而止。她目不转睛地看着显子，惊讶地提高了嗓音。

"你倒是一直没变！仿佛只有你自己时光永驻似的。真是过分。"

显子不由得噘了噘嘴。

其实，今天出门前宅子里的女佣也说了同样的话。显子站在穿衣镜前最后一次检查着装时，帮忙更衣的女佣情不自禁地轻叹。

"太太永远都这么优雅动人。真是过分啊。"

无论是同性还是异性，常常由衷地赞美显子。

每到此时，显子都忍不住想：这些人是不是瞎了。

也不看看我什么岁数了？

一旦过了三十岁，显子就不再计算年龄了。过了三十五岁就是半老徐娘。不过是用浓妆艳抹维持着青春年少，以及青春年少时倾城倾国的容貌罢了。无所事事的阔太太强装落伍的蛇蝎美人——这才是我啊。懒散的旁观者们连这都看不透，吹捧得再多也没什么值得高兴的。

"虽然像平时那样容光焕发，不过妆容怎么不一样了呀？"

千代子的疑惑把显子拉回了现实。

"不对，没换妆。"千代子独断认定，而后向显子靠了过去，压低声音，用打探机密的口吻问道，"你一直用那个小型望远镜痴迷地看呀看的，打算和哪位密会呀？"

显子她——

无奈地噘了噘嘴。

宅子里的女佣凑巧也问了同样的问题。

"敢问您今天和哪位有约吗？"

女佣帮忙更衣时，不经意间在耳畔低声问道。显子被吓了一跳，抬眼看向镜子时，只见身后的女佣满眼的期待。

"对不起。您和以往不太一样，总觉得您今天满心欢喜的……"

"不过，显子应该不会这么做的。"

"不过，太太应该不会这么做的。"

无论是女佣还是老朋友千代子，仿佛都对刚刚脱口而出的疑问有了定论。实在有趣。

是啊，应该不会这么做的。

在社交界，显子艳闻远扬，桩桩件件，无人不知无人不晓。没有理由直到现在还能让她心神荡漾，无论对方是谁。

千代子忽然轻声道了句"失陪"，便匆匆离开了舞厅。也许她看见了熟人吧。

直到扮成汐汲的千代子的小巧背影再也看不到，显子才又把手提包中的望远镜拿出来。

平时，她没少被这两位睁眼说瞎话的俗人说三道四。就算她自己没在意，看上去也确实与平日有些不同。但是——

他不来了吧。

显子的嘴角露出啼笑皆非的形状，自嘲道。她暂时放下望远镜，向一旁墙壁上挂着的牌匾看了过去。

　　年年岁岁花相似
　　岁岁年年人不同

显子回想起逝去的时光，瞬间涌上目眩的感觉。

自那之后已经过去二十多年了吧。

她有些难以置信。二十年前的约定浮现于脑海。与那时相比，一切都发生了变化。连她也发生了变化。也许，那个人也是。

年年岁岁花相似，岁岁年年人不同……

骗人。

显子动了动嘴唇，没有发出声音。

人是不会变的。即便容颜、想法甚至名字可以发生变化，人也是不会变的。

就是那个人教会我这件事的。

2

大小姐。

从懂事开始，显子就非常讨厌这个称呼，却也无可奈何。

显子的生父五条直孝是旧时清华侯爵家的当家主人。与近些年陡然受封的贵族截然不同，五条家是拥有千年历史的名门世家。

千年。

轻易脱口而出的两个字。

但是，平民百姓绝对不知道延续千年的贵族家庭到底拥有怎样深厚的积淀。

犹如无声堆积的雪片般，五条家迭代延续的旧习层累堆叠。

日常的起居坐卧——从随季节变化的发髻到一举一动——事无巨细皆有一定之规，五条家上上下下均受其约束。这就是经过先人们千年反复探索，千锤百炼得出的"五条家家规"。稍有逾越，立即会遭到他人的严厉斥责。

——大小姐，您这样做可不对。请您遵守五条家家规……

从生至死，无论做什么都要规行矩步，任谁都无法逃离祖先的"荫庇"。

每每想起这些，显子不由得感到窒息。无聊死了。为什么两个姐姐一句怨言都没有，反而心甘情愿因循守旧呢？这让显子觉得不可思议，可又无可奈何。

大小姐。

每每有人这样称呼，显子都会不寒而栗，仿佛厌倦感一点点勒住了自己，让她想要出逃到某个无人这样称呼自己的地方。从记事时起，她就期盼着。

十四岁的秋日。她第一次离家出走，虽然并非八卦新闻中爆料的那样，"与接送往来女子学习院的英俊司机日久生情"，但是，"显子勾引了年轻的司机"一文还是引起了轩然大波。事实上，爆料的正是显子本人。

不知道为什么，平日里一同乘车的姐姐们在某一日都没有坐车。如今，显子已经记不得那两人因为感冒了还是有别的事情，只记得她心不在焉地坐在车子的后排，回过神来时，"带我逃离这里"的话已经脱口而出。那位司机——没错，回想起来那的确是位白净的美男子——瞬间露出不知所措的神色。不过，当他看到后视镜中显子认真注视自己的眼神，便毅然决然地同意了。

这是她第一次离家出走。不过，当二人来到东京站，坐上火车时，二话没说就被抓回去了。有一名乘警在车站前发现被丢弃的高级轿车，心生疑惑报了警。拜其所赐，这件事闹得满城风雨，甚至还上了报——"万没想到侯爵家的幺女作风轻浮""迷惑男人的十四岁妖女"。

此后，显子便活在周围的异样目光之中。

十五岁时，离家出走已成了家常便饭。

正值"大正摩登"新风潮席卷而来。被称为"摩男""摩女"的青年男女们短发洋装，牵手徜徉于街市中，令许多观念守旧之人不禁侧目。说实话，在自幼耳濡目染何为优雅的显子看来，满大街的奇装异服、古怪举止太肤浅了，与考究、优雅等词相去甚远（当她得知"摩男""摩女"是"摩登男子""摩登女子"的简称时，不禁苦笑）。即便如此，那些人的面庞熠熠生辉。这难道就是所谓的自由吗？显子只觉得那些人看上去是那样耀眼夺目。就算是肤浅不堪，毫不考究，甚至美感全无，却能从他们身上看到希望。至少，他们与百无聊赖无缘——显子如是想。

她趁人不备偷偷溜出家门（多半中途被人发现后带回家，多试几次总有一次成功），每每独自出门，有一个地方总能发现显子的身影。

那就是舞厅。

当时，面向百姓的舞厅在横滨遍地开花。以热爱跳舞的年轻人为首，舞厅内熙熙攘攘。随着光顾舞厅的次数越来越多，显子结识了一部分舞伴。

不问出身经历、家庭背景，甚至连真名实姓都互不知晓，与这些人交往十分轻松。阿健、真子、阿润、麦克、乔治……这些仅以昵称相称的年轻人，也为偶尔现身舞厅、尚且年少的显子起了个"秋子"的昵称，家住何处、以何为业等其他一切概不过问。在显子所处的世界中，家世门第就是一切，决定了遣词造句、行为举止直至生活起居的一切。一步也无法逃离的感觉让她窒息。舞厅中的男男女女与众不同的交际规则给显子带来前所未有的新鲜感。

显子从未在舞厅跳过舞，只是坐在墙边的桌子旁。邀舞的人纷至沓来，但她单手支着脸颊，默默地摇摇头而已。

"刚开始是有点儿紧张呢。就像第一次抽烟那样。"

渐渐热络后，真子轻笑着劝道——

显子不是想要跳舞才来这里的。

"鹿鸣馆"建立之后，舞蹈便成为贵族妇女的必修课。显子自幼随聘请的外国舞蹈教师学习正规的舞蹈。在她看来，在刚刚开张的舞厅里跟随不时走音的乐队演奏跳舞实在俗不可耐。对于显子而言，舞蹈应该是更加优雅细腻的艺术。无论舞厅空间多狭窄，她都无法习惯与撞到其他舞者或是被舞伴踩到脚的人共舞。

仅仅做个安静的看客就好。

虽说俗不可耐、毫不优雅，但舞厅内的人们跳得十分投入。他们合着乐队演奏的拍子，一板一眼地踏着步子，犹如被小白鼠附身似的不停回旋。就算撞到了其他舞者，或是踩到舞伴的脚以致双双倒地，他们也会迅速起身、再度起舞——显子为此醉心不已。

走投无路、徒劳无益，仅仅为了消费而消费，毫无意义的热情，这些都是在显子的成长环境中绝缘的。至少不会让她觉得无聊。不过——

凡事皆有两面。无论是美与丑,还是自由与束缚。

某日,显子应邀与日渐亲近的真子离开舞厅,在夜晚的街道上漫步。谁知那晚被叫出来之后,真子一直一言不发。过了好一会儿,她突然开口说道:

"你在这儿稍等我一下。我马上回来。"

说完,她就跑得没影了。

环顾四周,原来这里是远离繁华大路的小公园前面。只有一条路通过来。附近的路灯无法照到这里,公园里面一片漆黑。

"小美人儿……"

从黑暗中传来一个声音。

循声望去,从一片漆黑中接二连三走出几名男子。乍一看,这些人的着装和洋参半,全部袒露胸膛,衣衫不整。有些人摆弄着时下流行的文明棍,有些人戴着康康帽,还有些人把蓝地碎白花纹的和服衣襟掖在腰带上,一副"和洋折中"的穿法。

显子眯起了双眼,立刻猜到了他们的身份。

他们就是近来十分猖獗的"愚连队"。

一群蛮横粗鲁、肤浅庸俗的恶棍。虽然独木不成林,但他们成群结伙,忽然势如中天。这帮无耻之徒在自由风潮席卷世间之时,必会趁机兴风作浪。

显子又一次环顾四周,察觉出有些不对劲。一群衣衫不整的年轻男子将她团团围住,堵住了她逃走的路线。仿佛这一切都是事先安排好的。

原来如此。

显子咬住了嘴唇。

被出卖了。真子她把我卖给了这帮人。

显子想起一件事。

最近，真子身上不时散发出一种奇怪的甜腻味道，有时还会目光迷离。大概是鸦片造成的。为了得到买鸦片的钱，真子才把我——

身后突然伸来一只手，捂住了显子的嘴，把她向暗处拖去。

显子急中生智，狠狠咬住了对方的手指。

疼！

背后那名年轻男子惨叫一声，松开了手。

她用尽浑身力气撞开身后的人，顺势逃出了包围圈。

臭娘们儿！

妈的，给老子站住！

污秽不堪的骂声从背后传来，显子拼命跑向灯火通明的地方，很快她就跑到了亮如白昼的大街。行人们好奇地看了一眼动静，发现了显子身后紧追不舍的愚连队后，悄然退到道路两旁，连连摆手，唯恐避之不及。

胆小鬼！

显子边跑边甩出几个字。身后的骂声越来越近，可她已经跑得气喘吁吁，脚痛无比。恶心的气息似乎近在咫尺……

一个急转弯，显子跑进另一条岔路。

一个人影映入眼帘，眼看就要撞到对方了。显子脚下一绊，差点儿摔倒在路旁。一个强有力的手臂从身后伸过来接住了她。

猛地回头看去，一名身材高大、形容消瘦的男子站在那里。身穿灰色三件套西装，头戴同色系的软帽。那人被帽子遮住脸，无法看清长相。他看上去二十五六岁，作为日本人却有着深邃端正的五官——因此，只要稍稍错目便不记得他的长相，非常不可思议。

"跑死老子了。"

与此同时，一个喘着粗气的声音传了过来。

岔路口被堵得水泄不通，对显子紧追不舍、抢先跑来的青年目露凶光，身后聚了一群人，似乎比方才的人更多了。回头看去，显子才发现祸不单行，拼命逃进的这条岔路竟然是个死胡同。

显子下意识地躲到软帽男子的身后。

"你认识这小娘儿们？"

目露凶光的青年嘲讽般地向软帽男子问道。

"不，我们刚刚遇到……"

"不认识就好。她，留下。你，滚蛋！"

男子一手扶着软帽，向显子轻施一礼。然后，立即以十分恭敬地口吻说道：

"请允许我送您回家吧。"

愚连队的青年们瞬间惊得目瞪口呆。等他们反应过来自己竟然被无视了，马上咆哮着"王八羔子"，面目狰狞地扑了过去。

软帽男子一手揽住显子的腰肢，仿佛跳舞般轻盈地滑步避过。

青年扑了个空，化作一道黑影甩了过去。

他回过头，刚要挥拳，就被撂倒在路边。软帽男子到底做了什么，自己怎么就摔倒在地呢——青年趴在地上不住呻吟，无法起身。

软帽男子轻笑着看向其他人。有几个青年从怀中掏出了匕首。

"好了，我们出发吧。"

软帽男子淡定地说道，护送着显子向外走去。

唯一的出口依旧被愚连队的一众青年堵得死死的。软帽男子向他们走了过去，无意间把遮挡住脸的帽子摘下来，抬起了头……

软帽男子并没有做什么。只是摘下帽子，抬起头——仅此而已。可是，就在这个瞬间，他的气场变了。愚连队的青年们都瞪大了双眼。显子抬头看向身边的男子。

男子的背后仿佛伸出一对硕大漆黑的无形羽翼。

不少人发出了恐惧的尖叫声。

二人渐渐靠近，那伙青年渐渐后退，其中一人撒腿就跑，其他人二话不说，也都跟着跑掉了。

直到愚连队的这伙人消失不见，男子才再度戴上软帽，若无其事地敦促显子。

走上大路不远，显子被带到一辆停在路旁的黑色轿车前。

男子对候在车内的司机小声地仔细叮嘱着什么。然后，他回头看向显子。

"我还有要务缠身，无法奉陪了。接下来，由他开车送您回家。"

说着，他拉开了后车门。

显子站在车前，警惕地看着男子。

"多谢您施以援手。"

在生硬地道谢后，显子的目光依旧停留在男子那张无法看清的脸上。

"可是，您打算送我去哪里呢？您知道我的身份吗？"

"五条侯爵家的三小姐显子。"

男子轻挑嘴角，逗弄般地说道。

"您认得我？"

显子闻言一愣，立刻反应过来，反问道。

"该不会是您一开始就认出了我。为什么刚才说'我们刚刚遇到'呢。为什么要编造这么无聊的谎言呢？"

"我没有撒谎呀。"

男子露出一丝苦笑。

"刚刚与您相遇的时候,我确实不知道您的身份。"

"这是什么意思?"

显子皱眉轻语。

"刚刚遇到的时候不知道的事情,为什么现在都知道了呢?难不成有千里眼吗?"

"不需要什么千里眼。"

男子轻轻摇摇头。

"您拥有从小到大没有做过家务的白净双手,出身一目了然。和服纹样上所绣的特殊家徽'祇园银杏'为五条侯爵家所有。而且,近来鄙人因工作关系得到查阅贵族年鉴的机会,那时才得知您的名讳与芳龄——揭开谜底之后是不是没有惊喜了。这只是简单的推理而已。"

"这么简单?可是……我……"

"至于您口中故作轻佻的遣词用句嘛。"

男子竖起一根手指,点破对方的疑惑。

"最近女子学院中很流行这么说吧——如果真的想隐藏身份的话,奉劝您还需要在伪装上多多费心。"

显子听得瞠目结舌。

白净的手,和服上的家徽,以及贵族年鉴?

仔细想想,的确如此。不过,在那种混乱的情况下,他还能在片刻之间掌握要点,得出正确结论?普通人做得到吗?费心伪装?这名男子到底是何方神圣……

显子从未见过这样的人。既不同于受缚于陈规旧习的贵族,亦不同于混迹于舞厅的新时代青年,他和那些人有着天壤之别。

也许面前这名男子才是唯一可以把显子从几近窒息的无聊生活中拯救出来的人——

男子的嘴角浮现出一丝笑意。显子见状方才回过神，一心以为自己被当作小孩子对待了。

她昂起头，不等催促就上了车。

男子关上车门，显子仿佛突然想起了什么，用手指轻轻敲了敲后车窗。打开车窗，她问那名依旧以软帽遮挡脸庞的男子：

"你是什么人？"

"我？我是什么人？"

男子似乎对显子的问题感到一丝惊讶。

"我什么人也不是。"

"这可不算回答。"

显子咬着嘴唇，马上昂起脸。

"好吧，我就叫你尼莫先生吧——我记得在拉丁语中，'尼莫'有'什么人也不是'的含义，对吧？在凡尔纳科幻小说中现身的潜艇舰长的名字——今天多亏有你相助，定当重谢。不知何时方便一聚？"

男子沉默不语，弯起唇角露出一抹嘲讽的笑容。当他发觉显子一本正经地等待回复，便收起笑脸，恢复正色——仿佛摘掉面具，初次露出本来面目。

他弯下腰，靠近车窗，犹如吐露秘密般低声对显子说道：

"我好歹也是名军人。因军务在身，稍后要离开日本一段时日。故而无法与您相约。"

"一段时日是多久？"

"形势所迫，无可奉告。"

男子禁不住显子认真的目光，苦笑一下开口说道：

"请您保证以后再也不要偷溜出来了,好吗?"

显子点点头,迅速说道:

"那你也要答应我一件事。以后一定要和我跳舞。随时都可以。等你回国,我应该更加成熟了吧。到那个时候,要和我好好跳上一支舞,可不是今天这种奇怪的舞蹈哦。"

男子略作沉吟,立即笑着答道:

"一言为定。"

说完,他示意司机开车。

3

无聊死了。

简直就像二十多年前的言情剧。

显子举着望远镜环顾舞厅,心中暗自嘲讽。

调整望远镜中间的旋钮,对准焦距,"咔嚓"声叠起,视野也随之变化。远处的世界尽收眼底。

望远镜捕捉到舞厅正中央一位身穿礼服的男子。双排六扣的及膝外套搭配花哨的条纹裤。他就是今日舞会的主办人,美国驻日大使格雷先生。身旁那位是他的太太,佩里提督的亲戚爱丽丝女士与女儿艾尔希。络绎不绝的访客令大使夫妇应接不暇。

她把望远镜向左转,只见窗边一位身穿棕色西装的男子单手举杯、昂首挺胸地高谈阔论。这位男子就是德国驻日大使奥图。棕色西装别着钩十字臂章,这并非为了化装舞会准备,而是近年来德国国内十分流行的"纳粹服"。奥图大使中气十足地发表着什么高见,时而爽朗地笑着,笑声响彻舞厅。与他热切交谈的燕尾服绅士是意大利驻日大使因德鲁里。他也单手举杯,满面堆笑，与奥图一唱一和。奥图大使身旁围了一圈日本来宾，侧耳倾听他侃侃而谈。这一处如火如荼的风头几乎盖过了全场。

法国驻日大使亨利站在这群人不远处，与一位年纪相仿的妇人交谈着，时不时偷偷瞟一眼奥图那群人。或许是心理作用，亨利大使的脸上露出些许不忿……

显子的嘴角不禁浮上一丝微笑。

从望远镜中窥探舞厅的男男女女，宛若当今世界的政局缩影。

去年秋天，欧洲大陆再起战火，德军一路势如破竹。

德军所向披靡，六月份巴黎沦陷的消息传遍全球。法国降德后，意大利顺承欧洲形势，作为德国盟友发表参战声明——多少有些趁火打劫之嫌。

日本亦以陆军参谋总部为首，喊出了"机不可失"的口号，与德意两国缔结军事联盟。可就在不到一年之前，德国瞒着日本，与苏联签订了互不侵犯条约，先在外交上陷日本于不义，而后又表现得若无其事。另一方面，美国值此之际表明暂不介入欧洲局势，今后无论加入哪一方，都有极大的可能左右战局，因此美国的态度令世人瞩目。

显子并不知道今日的舞会其实是以各国大使为主、男人之间的政治博弈。

她拿着望远镜四处张望，逐个观察聚集在舞厅的宾客。

说到底，会场的焦点还是服饰华丽的各位女宾。应邀而来的有各国使馆工作人员，贵族与金融界的各位女眷。其中还能看到几位年轻女子。她们也许是随父母前来的，戴着长手套，时刻注意着胸前的大开襟，想来是第一次参加这种近来十分罕见的社交场合。年轻女子们的脸上笼罩着一层淡淡的红晕，洋溢着初次参加舞会的兴奋与期待……

显子突然停住了，瞬间回忆起自己初次参加舞会的情形。那是她第一次受邀参加宫中的舞会，出门前，她站在穿衣镜前整理仪容。镜中映出的身姿仿佛就在眼前——

调整望远镜，年轻女子的身姿渐渐清晰。

显子不禁苦笑。从款式到发型，甚至连侧脸都与自己有几分相像。不过，转头看过来的年轻女子的容貌自然与记忆中的自己截然不同。十六岁的显子看着镜中的自己，露出自嘲的笑容，但那名女子却是诚挚淳朴、天真烂漫的表情……

显子一下子陷入奇怪的情绪中。

已经过去二十年了——不对，应该二十多年了吧？

愚连队事件后，显子不再像以前那样频繁出门了。她想起好友真子的背叛——遭到"卖身"一事，随着时间的流逝越发觉得震惊。为了换取一点儿买鸦片的小钱，就可以背叛好友？她百思不得其解，参不透其中缘由。

跳出这个圈子冷眼旁观，显子才发现一件事。

那些聚在舞厅的新新人类其实一无所有，既没有自由，也无法摆脱无聊的生活。

在过去的陈规陋习渐渐失去意义的同时，他们几乎沉溺其中无法自拔。衡量是否有价值的准则已经渐渐在社会上销声匿迹了，取而代之的则是将这一切换算为可交换的钞票。对于真子而言，和显子的友情不过是"换取买鸦片的小钱"，显子也只不过是"来历不明的秋子"而已。背叛这种不知底细的人是轻而易举的，何况这份友情还能用来换钱。

聚在舞厅里的新新人类们和愚连队那伙人终究是一枚硬币的两面。他们不知道孤身一人该如何是好，仿佛怕生的孩子环顾四周，一旦发现同类马上凑在一起，建立小团体的规则并乐此不疲……

其实，他们与那些墨守成规的贵族不过是一丘之貉。

既然想通了这些事，显子再也没有出门的理由了。曾经被她视为自由与远离乏味的举动全部都是海市蜃楼。含糊笼统的状态根本算不上规则，没有经过锤炼，也没有任何美感。既然如此，就无须和这些人有所瓜葛。纵使毫无新意、令人窒息、乏味至极，至少家规也是历经千年历史磨炼出的精华。至少不用担心自己因为几个小钱被家人出卖。

显子最终还是披上了自己早已厌倦的、名为"贵族"的外衣。

明治元年，日本效仿欧洲贵族创立了"贵族制度"，唯一目的在于"为皇室设立保皇队"——扶持、守护皇族，以及成为国民生活的典范进而辅佐皇族。但是，女性无法继承爵位，甚至无法从政从军，不能成为学者或官僚。

反之，只要不触及上述规定，身为贵族可以为所欲为。但显子的行为只是奔放不羁而已——

不久，显子突然得知自己即将与素昧平生的人订婚。

这是她父亲五条直孝侯爵单方面决定的。对方是陆军大佐加贺美正臣，从陆军幼年学校进入陆军士官学校，最终毕业于陆军大学，是名"真真正正的陆军精英"。照片上的加贺美板着脸，面无表情，好似一只蜥蜴，一双眼睛细长而清秀，令人捉摸不透。他三十九岁，比显子大了二十多岁。

显子瞥了一眼他的照片，淡淡的笑意爬上嘴角。侯爵面露难色，皱着眉头说道：

"有人肯娶你就该感激涕零了。"

在狭小的贵族圈子中，显子的劣迹尽人皆知。和司机私奔，数次离家出走，甚至遭遇愚连队，这些事被世人理所当然地添油加醋，又传回贵族社会之中。

"为了整个家族，你知道该怎么做吧！"

显子对父亲的这番话也只能不屑地笑一笑，默不作声地点点头。她已经成为两个姐姐出嫁的障碍，甚至还妨碍到五条家收养子女。除此之外，显子本人对婚姻完全漠不关心，对未婚夫是谁也漠不关心。话虽如此，可是——

显子渐渐察觉出异样了。加贺美大佐的父辈似乎腰缠万贯，在鞠町坐拥豪宅。除了与显子年龄差距较大之外，似乎也没有其他恶言恶语可以用来攻击"找不到婆家"的显子了。

当结婚一事正式提上议事日程，显子的耳朵里也灌满了加贺美本人的种种传言（贵族社会任何风吹草动都能不胫而走）。这是加贺美第二次婚姻。年轻时曾与相亲对象结婚，两个月后女方离家出走，卧轨身亡。据说卧轨的理由是她发觉加贺美正臣有断袖之癖。

"据说他的前妻发现自己的丈夫和别的男人有一腿，深受打击才选择了自杀。"

有知情者对显子窃窃私语。也有人投来同情的目光。

显子本人倒是毫无兴致，苦笑着想"怎么啦，不就是这点儿事嘛"。军队里多为断袖者，这是常识啊。军队也好，女校也好，在这种将同性集中起来专心一志培养的团体里，倾心同性的人自然不在少数。毕竟身边只有同一性别的人，只得顺其自然。加贺美也不过是在这方面比别人更具倾向性而已。

显子在此事上表现出的积极态度，给她的父亲一针强心剂。

从结果来看，这桩婚姻无疑是正确的选择。

婚礼当天，与显子初次见面的加贺美正臣看了她一眼，挑了挑眉，仿佛洞察一切似的轻笑道：

"给彼此一个自由的空间吧。"

在坐席上二人并肩而坐,他悄悄对显子如此说道。此后,显子对他的行踪没有半句怨言。只不过,他要求显子共同出席公共场合时,必须相伴而行。

对于加贺美而言,与显子成亲既是迷惑将同性之爱视为异端之流的烟幕弹,也是便于自己出人头地的手段。与拥有千年家族的五条直孝侯爵联姻,在多为"土包子"的陆军高层中,是一个可以获得赏识的重要筹码。

此后,加贺美在陆军中一路升迁,势如破竹。

他从参谋总部的一员成为陆军大学的教官,最后升任参谋总部第一部长。不久,调配到"满洲"担任关东军副司令官(他自然是"只身赴任")。军衔也从大佐、少将一路直升到中将。如今,加贺美陆军中将这位"下一任陆相"备受外界瞩目。

既然"婚姻是家族交易",五条家也得到了可观的利益。

显子的父亲五条直孝侯爵得到了身为陆军中将的女婿这个强有力的后盾,在贵院中的话语权不断增强,如今已经完全不把议长席的蠢货们放在眼中。

与加贺美成亲等于完全放任主义,这对于显子个人而言也带来极大便利。无论做出什么出格的事,只要及时抽身,没有出现任何差池,就不会把事闹大——只要没有蠢到让媒体看出端倪。在贵族之间,任何谣言不过就是心里想着"又有一桩丑闻",意味颇深地对视一眼,而后烟消云散了。

年年岁岁花相似
岁岁年年人不同

时间的沙粒无休止地流逝，轻易湮没了陌生人之间的约定，再也遍寻不得……

4

二十年——

恍若隔世。

显子用小型望远镜观望着舞厅里众人百态，怀念起逝去的岁月。

此后，发生了一场大地震。年号也从大正变更成昭和，巨大的恐慌在世间蔓延。两次血腥的政变使得军部渐渐如日中天。日本对中国发动了战争。

深深浅浅的回忆交织在一起，模糊得她已经弄不清楚这到底是什么时候发生的事儿了。

显子忆起了某个场景。

她曾经见过一次那人的照片。

一年前，不，或许在更久之前吧？

那一日，天上飘着雨。

拜其所赐，显子取消了外出计划，在家中百无聊赖地打发时光。突然，她灵光一闪，走到二层最里面的房间。那是加贺美专用的书房，平时禁止任何人进入——显子婚后从未进过"丈夫的办公室"。

她打开门，环视屋内，不禁皱眉。映入眼帘的是整墙勋章与奖牌，以及大大小小的枪支收藏。令人赏心悦目的一幅画、半幅字，或是一朵花都没有。显子在这间索然无味的书房中，好似见了鬼一样，挪着步子慢慢走。

她看到墙上挂了一幅肖像画，画中人正面而立，身着军装，军服上挂满勋章。

加贺美也上了年纪。

显子轻声叹道。不过，这张板着的脸依然会让人想起蜥蜴。画中男子蓄髭，结婚之时似乎还没有，什么时候开始蓄的呢？她似乎有点儿印象，却怎么也想不起来了。算起来加贺美已经年近花甲，这也可以称得上是符合年龄与陆军中将身份应有的威严吧。尽管如此——

（这幅画到底是什么时候画成的呢？又不是小孩子，众目睽睽之下戴着这么多勋章，他不觉得难为情吗？）

显子皱皱眉、耸耸肩，转过头去。无意中看到书桌上的文件，不禁倒吸一口凉气。

夹在文件中的一张照片露出了一半，那上面的男子看上去似曾相识。

尼莫先生。

那位"什么人也不是"的男子……

她刚走到书桌旁，打算拿起照片时，书房的门突然打开了。

她回头一看，只见加贺美站在门口。

"你干什么呢……"

加贺美看到显子站在书桌旁，眯起双眼，略带诧异地问道。

"没什么。"

显子放下照片，耸了耸肩答道。

"无聊而已。"

加贺美冷哼一声。露出一向对这位贵族大小姐无可奈何的表情，摇了摇头。他大步走了过去，坐在椅子上。

"没事的话，可以请你出去吗？"

他拿起书桌上的电话，注视着一旁的显子说道。

"我要打个重要的电话。"

显子默默地点了点头，目光懒洋洋地落在书桌上。

"他是谁？"

她本打算不动声色，可一张口，声音还是有些微微发抖。

加贺美顺着显子的视线看到了那张从文件中露出的照片，轻声咋舌，立刻整理好文件，随手扔进抽屉并上了锁。

加贺美抬起头，发现显子仍然站在原地等待自己的回答，他脸上浮出一丝难得的不悦之情。

"什么人也不是，只是个早就该死的家伙。"

他深恶痛绝地说道，摆了摆手，命令显子出去。

显子走出书房，反手带上房门，倚门而立，轻声叹了口气。

脑中不断回响着方才听到的那句话。

早就该死的家伙。

换句话说他还活着。

显子闭上了眼。

十五岁那年，被那名男子从愚连队手中救下后，显子回到家里才想起来她忘了问对方的姓名。她本以为自己很冷静，可还是有些不安。无法联系到那位什么人也不是的尼莫先生。

显子能做的就是等待。今天他该联系我了吧——每天早上醒来，她无数次这样祈求。可是，无论怎样等下去，都得不到半点音讯。

半年过去了，一年过去了，两年过去了，显子的心渐渐沉了下去。

他和其他人没有什么区别，那个约定也仅限于当时的场合——显子这样想道。

她也曾义无反顾地雇人进行调查。

线索是"军人"，以及男子说过的那句"因军务在身，稍后要离开日本一段时日"。

另外，据显子所知，无论是陆军还是海军，年轻的士兵一律剃光头。那名男子却留着与军人身份相违的长发。服装、举止以及说话方式也很难让人把他与军人联想到一起。那样的"军人"应该不会有很多。

恰逢女子学习院中盛行雇用"侦探"之风。显子请多次雇用侦探并引以为豪的大崎千代子介绍了"最优秀的侦探"调查此事。

"这可难办了。您还是另请高明，调查军方相关信息吧。"

起初，这名侦探面露难色，直到显子开出价钱才勉强接受委托。

但是，侦探的调查结果也只是一些风言风语而已。

据传，"那时，陆军情报部恰巧派人入德"。

"此人与您委托调查之人年龄相仿，不过，出于任务性质，此人的姓名、军阶、履历等一概保密。"

侦探在地处偏僻的咖啡厅和显子见了面，汇报情况后递出一份剪报。

"日本电工因涉嫌间谍行为被捕"的标题被红笔圈出，大致报道内容无外乎是"发现横滨一带建筑外墙的变电箱内安装了窃听器，一旦发现相同装置，请尽快告知当局"等呼吁读者的内容。

显子抬起头，紧皱眉头，问询报道内容的意义。

"这是您在横滨与调查对象见面后第二天的报道。"

侦探拿出一支烟，抽了一口才回答。

"当时，接连发生日军机密情报泄露国外的案件。这篇报道就是调查泄密案的结果。发现真相，并解开这一系列案件的人就是您委托我的调查对象……不过，这也就是个传闻而已。"

显子冷哼一声。横滨的舞厅是外务省与海军省接待外宾的场所。每当外国舰队入港，舰上官兵都会来跳舞。原来他们也不全是因为喜欢跳舞才去舞厅的。

侦探抽完一支烟，长叹一口气，挠挠头说道："有句话我不知道当讲不当讲。"然后开始继续汇报。

"听说，您委托我调查的这个人在国外遭到逮捕，已经被处决了。似乎是陆军高层出卖了他——当然，这也是传闻，只是个传闻而已。有关此人的情报属于陆军机密，以我的能力也只能查到这些了。"

显子默默听完侦探的汇报，当场支付了约定的报酬（她从家里偷出了五条家的传家宝，卖掉它换来的钱），一言不发地离开了。

此后不久，她同意了父亲擅自决定的联姻。

尼莫先生已经死了。

显子不断说服自己，强迫自己接受现实。可是——

他还活着。那个人还没有死。

显子走在二层昏暗的走廊中，不知不觉地笑了，双颊染上一层红晕。

"一言为定。"

一瞬间，耳畔清晰地回荡起那人在分别之际所说的话。

这个人的约定将左右着显子今后的人生。她对于这种预感十分确信，以至于连自己都觉得难以置信——就算这是滥俗的言情剧又如何。

5

　　舞厅内一切准备就绪，乐队也开始调音。

　　短暂的安静后，音乐正式响起。

　　第一支曲子是狐步舞曲，是拉格泰姆风的轻快四拍子——的确很有美国大使馆做派。

　　嘉宾们迅速找到舞伴，结对步入舞厅中央。随着音乐的节拍婆娑起舞。显子依然坐在隔壁休息室的椅子上岿然不动，对于邀舞的几名男士，她也只是沉默地摇摇头，接连拒绝几位后，总算清静下来。

　　显子坐在椅子上，远远望着舞厅中翩然起舞的盛况。

　　扮成汐汲人偶的户部千代子挽着高个子外国人跳得起兴。只见她满面春风，显然在尽情享受着舞会。一曲终了，她立刻又接受了另一位男士的邀请。在外国人看来，汐汲人偶的装扮十分罕见。狐步舞、探戈、伦巴，她跳完一曲又一曲，全无休息的打算。跳着跳着，不小心被踩到脚，停下舞步气喘吁吁的样子惹得周围一片笑声。

　　显子看着这位老朋友干劲十足的样子，不禁苦笑。毕竟岁月不饶人，这么跳下去，明早一定会浑身酸痛，起不来床的……

　　她摇摇头，再次打量起聚集在舞厅里的客人们。

　　这里汇集了各种身着奇装异服的人。听说这是场假面舞会，有人戴着覆盖整张脸的假面，有人只戴了遮住眼部的假面，还有人扮成小丑和天使。像千代子这样身着和服者也不在少数。在这里，连燕尾服也不失为一种变装。所有人看上去未必人如其貌。

　　显子的目光突然停留在一名男子身上。那名男子身着无尾礼服，步入舞厅。

背影有些眼熟，侧脸也很像是——

显子慌忙举起望远镜，调整焦距。

不。不是他。

显子沮丧地叹了口气。那名男子向德国大使躬身问好，露出一口歪斜的黄牙。若是那个人，不可能如此谄媚赔笑……

她拿着望远镜左顾右盼，在醉心于舞会的人们身上依次寻求答案。

不对。这不是他。那个也不是，这个也不是。

显子咬住了唇。

他不会现身了。

她边用望远镜偷偷打量着宾客，边默默告诉自己。并非无法说服自己，毕竟这二十多年一直都是这样过来的——

可能与那人共舞的机会仅剩今日了。

在中国大陆陷入长期作战之中，日本中止了奥运会与世博会的筹备。

时局处于非常之时。

随着这个鲜有所闻词汇的普及，政府对国民生活的掌控日渐严苛。

国家禁止一切奢侈行为——这不是玩笑话。宝石、昂贵的和服、香水甚至贩卖水果都遭到明令禁止。

"奢侈是敌人！"

这样的标语挂满东京的大街小巷。爱国妇女会及国防妇女会的女人们率先响应国家号召，自发组织巡逻队，专门对那些烫了发、戴首饰、画眼影、涂指甲甚至衣服纹样色彩稍微艳丽些的女性肆意说教。锦旗到手后，那些女人对女同胞们的指责更是变本加厉，最近，就连孩子们也学着母亲的样子，上街寻找衣着华丽的女子，一旦发现便团团围住冷嘲热讽。

显子也曾经在银座被一群熊孩子围堵。他们大喊着连自己也不太懂的话，诸如"不准烫发""禁止衣着华丽"之类，一边挡住显子的去路，一边像野猴子似的围着她手舞足蹈。显子停下脚步，嘴角浮起一丝冷笑，环顾着这群熊孩子。然后，她提起自己的裙摆，慢慢向上拉。熊孩子们慢慢停止了喊叫，目瞪口呆地盯着渐渐提起的裙摆。拉到膝盖以上的位置时，显子突然停下了手。

她"唰"的一声甩下裙摆，猛地撞开挡在正前方的熊孩子，高跟鞋踩得咚咚作响，大踏步地离开了，全然不顾身后传来阵阵被吓哭的声音。

舞厅自然也受到这阵禁奢风潮的影响。

从前年七月起，舞厅禁止女客入场，男客则需要提供记载着姓名与住址的身份证明。去年七月三十一日，政府又下达了"此后三个月内逐渐关闭所有舞厅"的通告。十月底，所有舞厅一律停业。据报纸报道，舞厅最后一天营业时几乎人满为患。

纪元两千六百年的纪念庆典就是在这样的环境中举行的。庆典前夕，街上所有"奢侈是敌人"的标语一夜之间消失殆尽。取而代之的是——

"普天同庆！欢欣鼓舞！"

街头随处可见类似的标语。

数日内，东京街头行驶着装饰华丽的电车。原本遭到明令禁止的活动，如持旗、持灯上街游行、花车以及抬神轿等队列随处可见，白天可以免费饮酒。但是——

这场狂欢也到今日为止了。

昨日，显子随手拿起一张送到家里的海报，不由得让她心惊胆战地扔了出去。这些堆积如山的海报上写着如下字样：

"狂欢过后，拼命工作吧！"

鲜明的标语映入眼帘。

管控从明天开始比庆典前更加严苛，这是显而易见的。即便在外国使馆内召开舞会，从今日之后也不会招待日本人参加了……

显子回过神，千代子的身影不知何时已经从舞厅消失不见了。不知道她跳舞跳累了自己回去休息了呢，还是身体吃不消让人送回家了。

此时，舞厅中演奏了狐步舞曲、探戈、耶鲁蓝调，之后又是狐步舞曲、西班牙式慢狐步舞，舞曲不停变换着。

然而，却从未演奏过华尔兹。

以前，横滨舞厅里充斥着华尔兹的旋律。如今这舞曲已经过时了吧。

显子抬起头，看了一眼挂钟的时间。

马上就要到明天了。午夜一过，舞会就会散场。

时间啊，请你慢些流逝。

显子自言自语。一曲就好，请再给我一支曲子的时间，若是他还没有现身，我就只好若无其事地回去了。

显子边想边下意识地调整呼吸。

这支曲子即将结束。

旋律忽然一转。

6

是华尔兹。

显子情不自禁地站起了身。

四分之三拍，优雅的圆舞曲。

可是，为什么是华尔兹？到底是怎么回事儿……

耳边响起一个低沉的声音。

——可以请您跳一支舞吗？

显子回过头，看到身旁站着一名高个男子，面具遮住了他的上半张脸，连帽长衣上装饰了很多黑色多米诺骨牌，手上戴着白色手套。

是他！

显子的直觉这样告诉她。

她没有说话，只是轻轻地点点头。

显子跟随着黑色多米诺骨牌男子，第一次步入舞厅中。

音乐已经响起，舞池似乎有些拥挤，但是，这名男子所到之处，其他舞者都会自动分开左右，为他让路。显子觉得自己仿佛跟在漫步红海的摩西身后。

不对，并非如此。

正相反，黑色多米诺骨牌男子注视着舞池中所有人的一举一动，边走边预测每队舞者下一个甚至于再下一个动作。

男子如入无人之境般悠然漫步，走到舞池中央停下脚步，转身面对显子。

显子与他相对而立，装饰着连衣帽的多米诺骨牌挡住了男子的脸。

男子缓缓做出请舞的动作，显子顺势将左手搭在对方的上臂上，右手轻轻握住了对方的左手。

男子的手仿佛义肢般冰冷、坚硬，即使隔着手套也能感觉得出。

显子调整好呼吸，开始迈出舞步。

第一步放低重心，接着身体上升，踏出的第三步再放低重心。这就是华尔兹三步舞"上升与下降"的舞步。

右转接侧行并步、翼步、右并步。

显子跟随男子的节奏翩然起舞。

停步、屈膝回转，之后是重倾斜。

显子昂起头，看到高悬在天花板上的枝形灯闪闪发光。

起身踏出下一步。

并步，自然旋转再旋转，继而锁步……

华尔兹是一道通向异世界的大门。

沉溺其中便可忘却自我。

时光仿佛也在此时倒流。

显子发觉自己被一双巨大的黑色羽翼包裹其中。当她还是十五岁的小姑娘时，她曾经在那人身后"见过"。羽翼展开的瞬间，愚连队那伙愣头青立刻丧胆而逃。可羽翼之中温暖舒适，令人心安。不要紧，现在的我不会遇到任何坏事——显子无条件地如此确信。

显子任由对方的引领跳着华尔兹，不停地跳着。每踏出一步、每一次旋转，都如行云流水一般优美。

真希望可以永远跳下去，希望这一曲永无止境。

但是，世间哪有什么永远呢。

时间犹如指尖沙转瞬而过，舞曲终了，乐手们放下乐器，回荡在舞厅的音乐也戛然而止。

显子止步，再次与黑色多米诺骨牌男子相对而立。她只觉双颊潮红、呼吸尚未平复。放开对方的手，完成了收势。

显子站在原地，目不转睛地凝视着男子被面具遮住的脸。

忽然，男子把手伸了过来。

冰凉的指尖碰触到显子的脖子。

男子俯身过来,凑到显子的耳边沉声道。

——下不为例。

记忆中的那个人,他的声音犹如一把锐利的冰刃,深深刺入显子的胸膛。

显子下意识地向男子身后看去,不由得轻声尖叫了一声,随即整个人瘫倒在地。

7

"我听说你在舞会上有点儿乐不思蜀啊。"

显子刚一回到家,就看到坐在一楼客厅的丈夫——加贺美陆军中将仿佛自言自语般说着,看也不看显子一眼。

"刚刚得到联系,说你和户部山男爵夫人一起被送到美国大使馆的医务室里接受治疗,对吧?哼,看来五条家的大小姐也不年轻了呀,不如趁机收收心吧。"

显子对加贺美的一番话置若罔闻,径自上了二楼,回到自己的房间。关上房门后,她在梳妆台前坐了下来。

镜中映出她的模样。

裁剪简洁的绛紫色高领长裙,白皙的瓜子脸,为人侧目的妆容勾勒出一双大大的眼睛,唇边挂着冷笑,一向鲜有血色的苍白面容。没关系的,无论发生了什么也不会有人注意到……

双手绕到颈后,解下项链,指尖拨弄着项链上的小银坠子,"咔嗒"一下打开了盖子。

果不其然,坠子里是空的。

藏在吊坠中的东西——拍下帝国陆军机密文件的微缩胶卷竟

然不翼而飞了。

显子立刻回想起她的脖颈被黑色多米诺骨牌男子的冰冷指尖触碰过。

他是在那时取走吊坠中的微缩胶卷的吧。再无其他可能。

显子抬起头，视线从空空如也的吊坠转移到镜中的自己。

没想到，那个人真的现身了……

在今晚的舞会上，显子并非为了搜寻那人的身影，才用望远镜窥探舞厅的。她要找的是另一个人。大约半年前，显子受朋友邀约，去了轻井泽的一家秘密俱乐部。她在那里邂逅了一名英俊的青年——桐生友哉，此人相貌周正、肤色白皙，把望远镜交给显子，低声叮嘱她"用这个拍下加贺美陆军中将带回家中的机密文件"。桐生利用花言巧语获取显子欢心之后，把望远镜型特种相机的使用方法教给了她，"只要转动这个按钮就可以拍照了。怎么样，很简单吧"，若无其事地教唆显子"如果看到家门前的邮箱上用粉笔画上了白线，就悄悄溜进中将的书房，把他包里的文件一张张拍下来带给我"。说着，他的脸上露出令人不寒而栗的笑容。一道白线代表上野演奏会，二道代表歌舞伎座，三道则是新桥大剧院。这几处密会之所都是带着望远镜也不会让人察觉到异样的地方。显子按照桐生的吩咐，一次次将情报交到他的手中。

可是，桐生没有出现在今晚的舞会上。

其实，显子以前常常被桐生放鸽子，对于他恣意妄为的行为也只是一笑了之。就算他这次不来，等他再度若无其事地出现在自己面前时，一并交给他就是了。显子并没有对他牵肠挂肚。

今晚显子一直举着望远镜，并非一时兴起，打算和年轻男子幽会。她不知道桐生友哉会以什么扮相出现在假面舞会上。显子为了找寻这位任性的小情人，才不停地用望远镜四处搜寻。其间，二十多年前的言情剧却莫名地屡屡浮现在脑海之中——

所以，当那名黑色多米诺骨牌男子现身，还邀请自己跳上一支华尔兹时，显子真的吃了一惊。

是他！

显子立刻心中有数了，同时也为这样不可思议的巧合感到诧异。若是履行二十多年前的约定，今晚确实是最后的机会。可是，没想到他真的会出现……

她不知所措地跟着那人进入舞池，跳完一支华尔兹。舞步旋转，仿佛又回到青春年少的十五岁。

一曲终了，显子听到对方凑到耳边低语的瞬间，犹如被一把锐利的冰刃深深刺入了胸膛。

——下不为例。

全部露馅了。被他看穿了一切。可是……为什么……

混乱之中，显子向男子身后看去，某个场景映入眼帘。

一个戴面具的男子被两名壮汉架出了舞厅——

显子不由得轻声尖叫了一声。是他，桐生友哉被捕了。她随即眼前一黑。

倒地之前，显子被人扶住了。

她睁开眼，只见一名素不相识的年轻人扶着自己。虽然显子强调自己不要紧，可对方坚持把她送到了医务室，与户部千代子一起以跳舞过多导致身体不适为由，要将她们强行送回家休息。

显子趁机溜出医务室，拿回放在休息室椅子上的手提包，却发现包中只有望远镜不知所踪。舞会散场后，她向附近闲逛的人打听黑色多米诺骨牌男子的去向，奇怪的是所有人都一脸纳罕的表情，异口同声地说今晚没有见过类似打扮的男子，仿佛该男子从一开始就不存在，一切只是显子的幻视而已。

以后，我该何去何从呢？

显子所做的一切属于窃取陆军机密情报的间谍行为。

我会像桐生友哉那样被捕入狱吗？本大小姐？因涉嫌间谍行为？

显子皱皱眉头，随机又摇了摇头。

还不至于遭到逮捕。显子——堂堂贵族院议长五条直孝侯爵之女、下一任陆相候选加贺美陆军中将之妻，怎么可能因涉嫌间谍行为被捕呢。一旦被捕，必定举国哗然，众议汹汹。最重要的是，若是有意逮捕，就该在今晚的舞会上来个人赃俱获才是啊。

那桐生友哉呢？

想起这位年轻的情夫白皙周正的容貌，显子轻轻耸了耸肩。大概再也见不到桐生友哉了。他到底是何方神圣（反正他告诉显子的是个假的名字），为哪国效力，有何目的呢？显子永远没有机会得知他的真实身份了。

显子略感遗憾——不过，仅仅是略感遗憾而已。

桐生友哉也好，受他所托进行的间谍行为也好，对于显子而言不过是打发时间的消遣之一而已。

——还是老样子啊。

显子看着镜中的自己，戏谑般地说道。

正因为你无所事事，才会勾引司机私奔。正因为你无所事事，才会不断离家出走。正因为你无所事事，才会沉溺舞厅。同样的，还是因为你无所事事，才会开始玩起了间谍游戏……

对间谍产生兴趣实属偶然。

大约一年前，显子在加贺美的书房中偶然发现了那人的照片，那名"什么人也不是"的尼莫先生。一心以为他已经死了，没想到他尚在人世。看来他在国外被捕，却未遭处决。显子非常感兴趣，想要知道那人后来怎么样了。

她想起学生时代曾经雇用过的侦探，便约了出来。多年不见，侦探已双鬓斑白。一如从前那般，一听显子的委托内容便嘟囔着"调查军方相关信息还是另请高明吧"，直到显子开出价钱才勉强接受委托。

三周之后，侦探给出的调查结果令显子深感意外。

最近，陆军内部成立了新的秘密情报机关。在向来被非军方人士称为"土包子"而遭到蔑视的日本陆军之中，这个把大学毕业的普通优秀青年培养成间谍的"新"情报机关是极其特殊的存在。

有人力排众议，凭借一己之力创建了这个犹如异端的情报机关。那个人恐怕就是你要找的人了——侦探如是说。

显子听过调查结果，有些困惑。

如果她没记错的话，从前她委托侦探调查时，得到的结果是"那人极可能是陆军情报部的人"。与此同时，风传"这个人在国外遭到逮捕，已经被处决了"，而且还是被陆军高层"出卖"了。恰恰还是这个人，在二十多年后的今天，"凭借一己之力在陆军内部创建了新的情报机关"。有这种可能吗？未免也太离奇了吧。

对于显子的疑问，侦探只是耸了耸肩，说"毕竟只是军中传言，我也不清楚具体情况"，并以此为前提继续汇报。

"据说陆军高层对这个特殊的间谍培养机构恨得牙痒痒，其中某位大人物似乎还曾恶言相向什么'明枪易躲暗箭难防，劝你们好自为之'，不过是否属实就不清楚了……"

D机关。

据侦探所说，陆军内部似乎如此称呼这个特殊的间谍培养机构。

此后，显子对间谍产生了兴趣。正好此时，在娱乐场所偶然认识了桐生友哉，受他之邀当上了间谍。所以，她也就却之不恭了——

反正不过是场间谍游戏而已。

显子心里再清楚不过了。

如果是在陆军内部力排众议、创建特殊间谍培养机构的人，应该注意到显子的"间谍活动"，早已识破才是。为什么偏偏任她妄为了这么久呢？得出的结论就是显子溜进加贺美书房中，用微型胶卷拍下来的文件根本不是什么重要的机密情报……

想到这儿，显子皱起了眉头。

若真如此，今晚那人为何特地现身呢？

即便隐身在黑色多米诺骨牌之中，在美国大使馆主办的舞会上和显子跳上一支华尔兹，再亲手回收证物，不可能毫无风险。若是想要拿回微型胶卷和望远镜，应该有的是办法。

难道是为了遵守二十多年前和显子的约定前来的吗？不，恐怕不是。不可能是这样。难以想象那个人会贪恋这样的浪漫之约。难道是——

显子的脑海中渐渐浮出这样一种可能性。

那一日。

侦探对显子汇报后，准备离席之前，支支吾吾地开口道"有件事不知当讲不当讲"，而后继续说道：

"刚才我不是说过，陆军内部有人对那个特殊的间谍培养机关冷眼相待，想要除之而后快，还恶言相向什么'明枪易躲暗箭难防'。据说这位极端右翼的人物，似乎就是您的先生——加贺美中将。"

显子闻言，自知脸色大变。

如此说来，最近半年每每在家中遇到加贺美，他总是一副坐立不安的样子。显子非常清楚对于加贺美这位从陆军幼年学校进入陆军士官学校，最后毕业于陆军大学的"陆军精英"而言，绝对无法容忍纠集一群军外人士成立间谍组织之流的存在。何况，根据侦探的调查结果，这个组织功勋卓著。

自幼年学校起接受正统军事教育的加贺美，十分珍惜陆军军人之间"美好的羁绊"。对于陆军内部的怪物——犹如腐烂的苹果——不择手段除掉它也情有可原。那么……

脑中闪过一道黑影。

难道今晚舞会上发生的一切，从一开始就是个圈套呢？

今晚，显子随身携带的微缩胶卷中若是真的拍下了重要机密情报，黑色多米诺骨牌男子悉数拿去，情报不会泄露出去。但一旦查明机密情报泄露的事实与渠道，加贺美中将必将陷入困境，不要说担任下届陆相，恐怕连引咎辞职的机会都没有了。

尽管间谍机构成绩显著，但还需要能够与蛮不讲理的陆军高层相抗衡的方法。也许这才是那个人的目的吧？这是今晚这件事的真相才对。同时，那个人假借遵守二十多年前与显子的约定前来，当着显子的面逮捕了桐生友哉，也是为了告诫她莫要再次尝试间谍游戏了。

显子目不转睛地看着镜中人黯淡的脸庞。

她还想起一件事。

今晚，显子边用望远镜寻找桐生友哉，脑中边回想起二十多年前遇到的那个人。

大概是挂在休息室墙角的那副匾额造成的。

年年岁岁花相似
　　岁岁年年人不同

　　看到这幅写有汉诗的匾额，显子不由得回忆起往昔岁月。可是——

　　显子眯起双眼，努力思索起来。

　　她从医务室溜出来，取回手提包时，匾额已经被摘走了。难道那块匾额是故意让显子看到的吗？为了让显子追忆往昔，想起与那个人的约定，才特地放在休息室的……

　　太可笑了。

　　显子露出一丝苦笑。今晚举办舞会的可是美国大使馆，也就是说，那里是外国领土。怎么可能让日本人擅自做出这种偷梁换柱的事情呢。

　　疑点越想越多。说起来，半年前桐生友哉出现在显子面前。他恐怕也是D机关的人吧——也许是为了控制显子派来的间谍。反过来说，也许那个人真的只是为了完成二十多年前与显子的约定才在今晚现身舞会的，不过，他的真实目的也许是为了防止陆军机密情报外泄……

　　假作真时真亦假。显子这样的外行人显然无法辨清真假虚实。

　　——还是老样子啊。

　　显子戏谑般地说着，闭上了双眼。

　　镜中人的面容可想而知。

　　她的嘴角微微上扬。

　　憧憬着浪迹江湖，到头来不过是躲在安全的角落中不断玩火——厌倦了无聊的生活，为了打发时间才染指些许危险，但绝对不希望真正遭到毁灭——我就是这样的人，这才是我一成不变的真实面目。

显子十五岁时就清楚这点了。

显子"看到"那个人背后张开无形的黑色羽翼的瞬间，不由得屏住了呼吸。她坚信只要有了这对羽翼，就可以摆脱迄今为止的无聊生活。同时，她也明白自己不会为了得到它而付出一切——直觉这样告诉她。

> 年年岁岁花相似
> 岁岁年年人不同

骗人。

她依旧闭着双眼，无声地呢喃。

人是不会变的。

即便容颜、想法甚至名字会随着岁月流逝而发生变化，人也是不会变的。

改变的只是这个世道而已。

潘多拉

第一位天使吹号，就有雹子与火掺着血丢在地上，地的三分之一和树的三分之一被烧了，一切的青草也被烧了。

第二位天使吹号，就有仿佛火烧着的大山扔在海中，海的三分之一变成血。海中的活物死了三分之一，船只也坏了三分之一。

第三位天使吹号，就有烧着的大星好像火把从天上落下来，落在江河的三分之一和众水的泉源上。因水变苦，就死了许多人。

第四位天使吹号，以致日月星的三分之一黑暗了，白昼的三分之一没有光，黑夜也是这样……

（摘录自《约翰启示录》）

1

"是自杀。"

见有人开门见山地突然搭话，温特总警督懒洋洋地回头看去。

他与一双明亮的茶色瞳孔对上了视线。原来是霍普金斯巡佐，这个年轻人前几天刚刚调来苏格兰场犯罪调查部。他双颊微红，肤色白皙，雀斑因而格外显眼。

温特总警督见霍普金斯巡佐摊开笔记本给他看，不由得暗自苦笑。

最近，在伦敦市内发生的恶性案件都被温特逐一破获了。这自然少不了优秀调查员的帮助。虽说也有一定的偶然性，然而，在犯罪现场调查，结果决定了一切。温特势如破竹，接连破获了九起案件，让他在苏格兰场的调查员中名声大振。

报纸上的报道盛赞他"以敏锐的着眼点找到线索，不厌其烦地追查犯人"。

看来是"新人巡佐"霍普金斯对"有名"的温特总警督直接汇报工作了。

不赖嘛，初生牛犊不畏虎，这可是年轻人的特权。

他默默地扬了扬下巴，示意对方继续说。

"已经确认死者是这间房屋的房客，名叫约翰·拉金。是外交部的下级官吏。"

霍普金斯看着笔记本，紧张地说道。

两个小时前发现尸体。

拉金迟迟没有上班,上司觉得奇怪,就派了一名同事去他的公寓看看情况。

当那位同事赶到时,拉金的门前正乱成一团。楼下的房客因为天花板漏水前来理论,但是怎么也敲不开门。房东被叫来后,用备用钥匙开了门,才发现门内挂了防盗链。也就是说,屋中有人。

拉金的同事、楼下的房客、房东和其他看热闹的房客们,隔着门缝轮流向门内呼喊,仍旧没有任何回音。经过一番讨论,大家决定把防盗链弄断(虽然房东一直反对这么做,听说外交部会承担修理费用——实际上这笔费用从拉金的工资里预扣——这才同意了)。

"门缝太窄了,弄断防盗链颇费了一番工夫。"

普霍金斯抬起头说道。

"他们破门而入后,在浴室中发现了拉金。据他们证实道'拉金穿着衣服漂在溢出浴缸的鲜红血水中''一看就知道他死了'。毕竟现场十分血腥,人人慌手忙脚的,之后就报了警——大致经过就是这样。"

温特总警督一言不发地步入发现了尸体的狭小浴室。

拉金的尸体已经被挪走了。浴室中的水全部放光了,但四周仍然弥漫着血腥味。

"拉金的左手腕有一道很深的割伤。嗯……在浴缸底部发现了锋利的剃须刀。拉金就是用这把剃须刀割腕的。"

霍普金斯从温特身后边窥探着浴室边汇报。

"浴室的水龙头没有关紧,溢出的水漏到楼下,惹出了麻烦——否则,尸体会发现得更晚。据发现尸体的拉金的同事说,最近拉金精神恍惚,'终日惴惴不安''似乎害怕某种无形的东西'。

"他还说这阵子在外交部遇到拉金的时候,早上就能闻到他身上的酒味。拉金房间的桌子上有酒瓶和酒杯。酒瓶已经空了,酒杯里残留着一点儿杜松子酒。大概昨天晚上他一个人在家也喝了酒。醉醺醺地走进浴室,没脱衣服就进了浴缸,突然割腕了……"

"谁让你推理了。"

温特沉声打断了他。

"汇报事实即可!"

"对不起。"

霍普金斯立刻像乌龟一样缩回了脖子。

"判断为自杀的依据是什么?"

温特边说边弯下腰,检查着浴缸的边缘。

霍普金斯慌忙打开笔记本,说道:

"拉金的房间钥匙在他的上衣口袋中,门里挂着防盗链。他在这样双重上锁的房间中身亡。毫无疑问就是自杀,对吧?"

温特总警督冷哼一声,转身走出浴室。

环视房间,这里狭窄得只能放下基础家具——室内收拾得十分整齐,整齐得有些煞风景,却没有发现什么特别的可疑之处。大概这就是伦敦典型的单身汉的房间。

温特走到房门附近,停住脚步。

被剪断的防盗链较短的那半截挂在门框上。看来他们为了弄断链条,颇费了一番工夫,断口的链条十分扭曲。

温特举起右手,示意一直跟在身后的霍普金斯站到身旁。

"你看。"

他指着门框上挂着的链条断口,言简意赅地说道。

滑动式锁头里残留着链条的一端似乎有些黏糊糊的……

"你怎么看?"

"啊?我的看法?让我推理吗?"

霍普金斯被问得措手不及,他眨了眨眼,一时无言以对。

"怎么,一到关键的时候就掉链子啊。"

温特总警督瞟了这位年轻的巡佐一眼,轻声笑道。

"依我判断,拉金并非自杀。多半是有人杀害了拉金,又把这里伪装成双重密室了。"

2

在温特总警督的指示下,他们在现场做了个实验。

准备一根一英尺长的细木棍和胶带。在木棍的一端缠上胶带,但是不同于普通的缠绕方式,而是把有胶的一面朝向外面缠在木棍上。

用木棍粘住防盗链的链头。

从门外的走廊中把木棍伸进门缝,注意不要让粘住的链头滑落。再用木棍把链头小心翼翼地放入门框上的滑动式锁头中……

经过几次失败后,链头终于轻轻松松地滑入锁头之中。

"从房间外面也可以挂上防盗链。"

亲自完成实验后,温特总警督用手帕擦着指尖粘上的黏糊糊的东西,皱着眉头说道。

"并非只有房中人才能办到。至于房门钥匙嘛……"

温特总警督顿了顿,看向霍普金斯,只见年轻的巡佐惊得目瞪口呆。他继续说道:

"普通的门钥匙只要提前配好备份的,就可以从门外锁上房门。"

"哎，可是……总警督，请等一等。"

霍普金斯一脸难以置信的表情说道。

"您为什么这么说呢？总警督为什么怀疑这不是一起单纯的自杀案呢？"

"因为不合常理啊。"

温特喃喃低语，抬头环视着房间。

"这个房间整理得一丝不苟。你不是说死者是外交部的下级官吏吗？这里的确像是被那种小人物收拾得神经质的房间，但是这种人会放任防盗链头上粘上黏糊糊的东西不管吗？"

听到这里，霍普金斯"啊"地喊出了声。

"不过也许这也不算什么大事儿，有可能只是忘记了而已。"

温特总警督耸了耸肩。

"昨天，这个房间防盗链的链头凑巧粘上了黏糊糊的东西，拉金凑巧偷了个懒没有擦掉它，而且还凑巧地在同一日在浴缸里割腕自杀。"

温特总警督眯起双眼，目不转睛地盯着霍普金斯巡佐。

"如果有这么多巧合重叠在一起的话，还请你给出一个能让我信服的理由。不要给我这种模棱两可的汇报。在你说服我这不是凶杀案之前，先去彻底调查一下。"

"凶杀案？"

霍普金斯巡佐吓得嘟囔起来。

"总警督的意思是有人杀了拉金，把现场伪装成意外自杀的密室后逃之夭夭了？可是，到底是谁干的？为什么要杀人呢……"

"等抓住了凶手，再好好盘问他的杀人动机吧。"

温特总警督撇了撇嘴。

"无论如何,目前我们没有掌握任何情况,不要下任何结论。彻底查清所有疑问,你记住,只要有一点儿凶杀的可能性,这都是我们的案子。"

霍普金斯巡佐见温特看了过来,条件反射般立正站好。

他行礼之后,匆匆走出了房间。

"是谁干的?为什么要杀人?"

温特总警督目送部下离开,不快地自言自语道。

"这也正是我想知道的呢。"

3

"预计死亡时间在发现尸体的前一天深夜到当天清晨……"

温特总警督把最初的调查报告又通读了一遍。

"死因为左手动脉割裂导致的失血过多。另外,从死者的肺部发现大量的水,以此推测出死者死前失去意识,头部没入了水中。死者颈部有击打伤,推测为大量失血导致持续性痉挛时,颈部不断撞击浴缸边缘所致。"

从死者血液中检测出高浓度酒精含量,说明拉金在死亡时处于几近"酩酊大醉"的状态。

"最近拉金精神恍惚,早上他的同事就能闻到他身上残留的酒味。"

从调查报告上来看,就能得出和霍普金斯巡佐得出的同样完美的结论。

拉金在房间里自斟自饮,没脱衣服就醉醺醺地进了盛满热水的浴缸,然后突然割腕自杀了——

除了腕部的致命伤之外,尸体上没有任何"犹豫伤"。这一点有些奇怪。不过，也不是所有自杀者都会留下犹豫伤。

在伦敦这样的大城市，每天都会有人命丧黄泉。自杀也不是什么稀罕事。何况，这个房间的门还上了双重锁。一般来说，若怀疑这是凶杀案的话，反而会让人奇怪⋯⋯

温特总警督把调查报告扔到桌子上，紧紧地靠着椅背，双手抱于胸前，眯起双眼思索着。

现场还有一个人。

只有长期在一线奔忙的警察才会发觉犯罪现场的奇怪之处——

没有任何理由，但也不是灵异的"第六感"。说起来这就是常年办案经验积累起来的"直觉"。这种"直觉"告诉温特总警督，"最后把防盗链挂上的另有其人"。

从椅子上直起身，伸手把桌子上的调查报告又拿起来了。

"预计死亡时间在发现尸体的前一天深夜到当天清晨⋯⋯"

这正是鲜有目击者的时间段。而且，案发当天整个城市都笼罩着具有伦敦特色、让人伸手不见五指的浓雾。看来没办法对目击证词抱希望了。

几下敲门声后，门被用力推开了。

"报告！"

来人正是霍普金斯巡佐。他受命调查拉金生前的私生活。

年轻的巡佐径直走到桌子前面，立正站好。

温特皱了皱眉头。

——写一份调查报告！

他本想命令对方，但见到霍普金斯打开了笔记本，似乎打算直接做口头报告了。

算了。

温特摇了摇头。

"说！"

温特总警督双肘支在桌上，十指交叉，听着关于死者的调查报告。

"对于拉金生前的工作表现，大家异口同声地说他'一丝不苟''热爱工作''早出晚归，勤勤恳恳'。"

霍普金斯一脸紧张地说道。

"也有人不小心说漏嘴，称他是只'小白鼠'。拉金身材矮小，长得鼠头鼠脑，工作勤奋，所以他的同事们才给他起了这个外号。'不善交际''不喜欢博彩''常常独来独往，几乎没有和谁一起喝过酒'。拉金给其他人的印象大体如此。

"拉金的上司证实了'他喜欢仔细整理文件，所以总是做到很晚'。因此，他无法在工作时间内完成工作，常常把文件带回家继续做——其实这种做法违反了规定。

"拉金唯一的爱好就是看演出。只要是看演出的日子，无论有多少工作没做完，他都会收拾东西准时下班。

"他出身于萨里郡。双亲亡故，没有兄弟姐妹。最近他似乎没有回过老家。

"没有交往过密的好友，据他的邻居证实'拉金从未招待任何人到家中做客'。虽然生活很孤独，但是伦敦有不少人喜欢独居。我身边也有几个这样的朋友。

"可是，前不久拉金难得地接受了同事的邀请，一起出去喝酒了。据他同事说拉金'最近才变得怪怪的'。"

"反常的原因是什么？"

霍普金斯巡佐抬起头，皱着眉说道：

"关于这个嘛，无论怎么问，都没有人能说得清。拉金的工作没有失误，最近还变相升职了，工资也涨了一点儿。与同事虽非故交，但是也没有和什么人交恶。所以，我认为他不是因公变得反常的。这样一来，就只剩下职场外的私生活原因了。不过，拉金给人一种奇怪的感觉，甚至怀疑他就没有什么私生活。说不定'伦敦的孤独生活在不知不觉中侵蚀了他的心'……"

温特总警督冷笑一声。

不。怎么会是这么文艺的理由呢。那个现场确实存在实实在在的"某种东西"。有人杀害了拉金，把现场伪装成密室后逃之夭夭。

一定有什么原因才对。连使馆里的上司和同事都没有注意到，却导致拉金反常、遭到杀害后被伪装成自杀……

"拉金就是自杀的吧？"

霍普金斯巡佐话音刚落，就发现自己被狠狠瞪着，他不由得胆怯地缩了缩脖子。这位年轻的巡佐涨红了脸，迅速说道：

"不止我一个人参与本案的调查。我偷偷告诉您，这次有不少人对您的调查方针表示怀疑。当然，大家对于总警督您最近的表现有目共睹，也十分尊敬您。但是，这个案子无论怎样调查都没有发现任何证据。是人都会犯错，请您下令停止调查这件案子，好吗？"

温特察觉到霍普金斯的双腿轻轻颤抖着，不由得苦笑起来。看来眼前这位年轻人是担心我才冒死进谏的呀。

现在的确是个撒手的好时机。对拉金的同事和上司的问题也没有发现任何疑点，指挥部再继续调查下去，很有可能会失去他们的信任。死者又是名无亲无故的单身汉，把案子定性为意外死亡谁也不会有任何怨言。但是——

"把拉金公寓里的遗物拿给他的上司和同事看看。"

温特低声命令道。

"让他们确认一下有没有少了什么东西。"

霍普金斯巡佐呆呆地眨眨眼，难以置信似的问道：

"让死者的上司和同事确认遗物？全部遗物？"

"没错，全部遗物。"

"然后让他们确认有没有少了什么？"

温特总警督默默地点了点头。他不喜欢反复下达指示。

霍普金斯依然呆立在原地。

"还愣着干吗，快去！"

温特简短地下令后，视线落在书桌的文件上。

他的余光瞥到霍普金斯巡佐对自己行了礼，径直走出了房门。那背影似乎写着"希望渺茫"几个字。

4

智叟亭挤满了常客。大部分客人都站着边喝边聊，店内十分嘈杂。

这是一家位于伦敦市中心的本地酒吧，临近著名的大型蔬菜批发市场科文特花园。伦敦有很多类似酒吧，大部分都集中在大街或广场这种显眼的场所，店里常常人声鼎沸。

温特混迹于嘈杂的店内，喝了一口服务生端来的麦芽酒，长舒一口气。他挑起眉毛，压低声音提醒眼前人道：

"别东张西望的。"

"对不起。"

好奇地四处张望的霍普金斯急忙低下了头。

半小时前——

温特走出苏格兰场所在的红砖建筑时,被霍普金斯巡佐叫住了。

"温特总警督,我有事想向您请教。"

温特总警督见他沉着脸,一副想不开的样子,稍作考虑后,就把他带到这家酒吧。

霍普金斯似乎平时很少出入这种店,他点了一杯和温特总警督一样的麦芽酒,只喝了一口就眉头紧蹙。他凑到温特总警督近前,悄声问道:

"总警督是这里的常客吗?嗯,是为了'调查'才来的吗?"

温特默默地耸了耸肩膀,示意他留意背后酒吧老板与常客的对话内容。

——日子定了吗?

——还没呢。

——道别就好了。

——反正要夺冠的。

——在那之前还要抢银行吧……

霍普金斯听得目瞪口呆。

"别担心。他们可没有探讨什么罪行——刚刚说的是那个。"

温特微笑着指了指酒吧深处那堵光线昏暗的墙壁。

备受青睐的飞镖盘一旁贴着海报。

"最近,酒吧之间正在进行飞镖大赛。"

海报上用小字写着参赛队的名字。"crown""bank"是其他酒吧参赛队的名字。"bye"则代表了不战而胜。

"他们从没有挑明这些唇典。不过,慢慢就都学会了。"

温特轻轻耸了耸肩,喝了一口酒,压低声音解释。

酒吧里的常客之间,以及常客与酒吧老板之间,常常使用唇典交流。每个酒吧都有专用的唇典。这些唇典几乎都是无害的，但是，这种外人听不懂的对话有时也会用于掩饰犯罪行径。

温特曾经在酒吧的闲谈中，找到过侦破疑难案件的线索。他发觉有一伙男子所用的唇典和酒吧常客们使用的稍有不同，是只在同伙间通用的唇典。于是，温特秘密监视了这伙男子，找到了他们参与某件悬案的涉案证据。

"所以，'我常来这家酒吧，但是，不仅限于这家酒吧'。'来酒吧是为了品尝美酒。同时，也是为了从那些常客无心的对话中找出破案线索'。这下你明白了吧？"

温特解释完了，可霍普金斯还是一脸呆滞地眨着眼睛。

"算是对你刚才提出的问题作答了。"

霍普金斯"啊"的一声喊出来。明明是自己提出"总警督是这里的常客吗？嗯，是为了'调查'才来的吗"的问题，竟然已经忘得一干二净了。

"错了。啊不，我不是这个意思……感谢您的回答。但是，我今天想向总警督请教的是另外一个问题。"

他那白皙的脸一阵红一阵白。

霍普金斯左右环顾，才用周围人听不到的低音问道。

——总警督，您为什么这么热衷于追捕杀人凶手呢？

无论如何我也无法理解温特总警督热衷追查杀人案的理由。

查清凶案的确是我们这些警察的职责。查案是我们的饭碗。但是，我把温特总警督您的行事风格看在眼里，渐渐觉得您并非仅仅为了保住饭碗。总警督为了抓住凶手，不惜失去您迄今为止积累下的事业基础和部下的信赖——在我看来就是这样。

我无法理解总警督您为什么这么执着于杀人案。希望您可以告诉我，您热衷于追查杀人案的理由。

霍普金斯的主要问题大致如此。

温特总警督抬起头，发现这位年轻的巡佐正目不转睛地盯着自己，一本正经地等待着答复。

温特不由得苦笑起来，举起酒杯喝了一口酒。忽然，他的目光留意到邻座客人落下的报纸。

"国际社会无法容忍德国的无赖行径！"

"英国政府要打倒希特勒！"

报纸上满篇都是抨击英国对德态度软弱的文章。

"大战时你多大？"

温特边看着报纸，边向年轻的巡佐问道。

"您是说一战吗？"

霍普金斯疑惑地皱皱眉。

"我多大？我是战后出生的……"

"那时候还没有你啊。原来如此，我都这把年纪了呀。"

温特不耐烦地嘟囔着，轻轻地摇了摇头。

"这都是老黄历了，你想听吗？"

温特扭头看向霍普金斯，等对方犹疑地点头后才开口。

"那个时候，我还是个问题学生，就是觉得日子过得无聊。正在这个时候，欧洲大陆爆发战争。那时，人人都以为参战不过是件稍稍有些危险的野营而已。至少，我父亲和祖父口中描述的战争就是如此。为了名声和功勋，我和朋友们都很期待大干一场。我们反而担心没等为期十周的军事训练结束，战争就先结束了。

"终于等到派往欧洲大陆的时候，我们都和家人说'过圣诞节就回来了'，然后离开了家。

"可是，战场上等待我们的是从未有人经历过的战争。

"那些最尖端的武器不断被投入战场。毒气、坦克、机关枪、地雷以及喷火器。大炮和炮弹的性能大幅提升，可以像打鼓似的不间断地射击。把这些玩意投入战场之后，谁也不知道战争走向如何。

"我们根本不知道火炮流弹从哪儿来的。在战场上根本没有机会见到存活的敌兵。无论白天黑夜，只能见到身边的同伴犹如苍蝇般不断死去，以及从战场上搬回来的面目全非的尸体。不知不觉间，我们再也不期待'大干一场'。战争摇身一变，成为毁掉优秀士兵的悲惨噩梦的代名词。

"我们目睹过被毒气烧毁肺部，抓心挠肺、面部发黑而死的同伴；目睹过双腿被地雷炸飞、只能靠两条胳膊在地面爬行的同伴。好不容易把伤员抬到野战医院，那里却满是虱子，充斥着血汗脓液混合消毒水的味道。"

　　第一位天使吹号，就有雹子与火掺着血丢在地上，地的三分之一和树的三分之一被烧了，一切的青草也被烧了。
　　第二位天使吹号，就有仿佛火烧着的大山扔在海中，海的三分之一变成血。海中的活物死了三分之一，船只也坏了三分之一。
　　第三位天使吹号，就有烧着的大星好像火把从天上落下来，落在江河的三分之一和众水的泉源上。因水变苦，就死了许多人。
　　第四位天使吹号，以致日月星的三分之一黑暗了，白昼的三分之一没有光，黑夜也是这样……

"日月更替，炮弹咆哮，不断有人死去。简直就是启示录中的景象。唯有恐怖支配着战场。"

温特说到这里，叹了一口气。

"我们把科学技术运用于战争，仿佛打开了潘多拉的盒子。盒子里所有的惨剧和不幸全部四散而出。在战场上丧命成为家常便饭。侥幸活着回来只能当成一种偶然。

"战争结束后，我回英国当了警察。说实话，当警察调查杀人案反而让我松了口气。调查杀人案意味着每个人的死因都不一样。如果抓到了杀人凶手，就可以知道他杀死某个特定人物的理由，无论这个理由在外人眼里看来多么荒唐。

"人的生死都有理由——对我而言，确认这个理由就是保存盒子里最后的希望与正义的唯一方法。如果放任凶手逍遥法外，和那时的战场还有什么区别。势必逮捕杀人凶手，让其受到法律的制裁，这才是人类世界吧？"

温特抬起头，挑了挑眉说道。

"这就是我的答案。你明白的话，从明天开始好好干活。只要有百分之一的他杀可能性，就要把案子追查到底。在找到非他杀案的证据前，绝对不能放弃。杀人案肯定有迹可循。既然有杀人凶手，就必须把他查出来，将其逮捕归案。懂了吗？"

霍普金斯挺直腰背，条件反射似的想要敬个礼，又慌慌张张地把手放在桌子上，小声说道：

"遵命，长官！"

说罢，他一口喝干了酒杯中剩下的酒。

5

经过调查，一名嫌疑人出现在警方的视线中。

弗雷德里克斯·奥古登。

今年四十二岁，男性，在伦敦市内经营进出口贸易。

警方之所以会注意到他，也是基于一件小事。

根据温特总警督的指示，拉金的上司和同事查看过拉金的所有遗物。"确认有没有少了什么"不是一件易事。拉金的某位同事一脸不耐烦地协助调查时，突然觉得有些异常。

经警方询问，他事先声称"大概不算什么大事"，然后才道出以下事实。

拉金的遗物中混杂着一些旧文件。生前他是一位性格严谨的人。在使馆时，那些旧文件都会依次处理掉。但是，他留存了家中的这些旧文件，让人觉得有点儿奇怪。

这句话仿佛成了引子，另一位确认遗物的同事想起了另外一件事。

拉金的确过于严谨，随身物品上都会写下自己名字的首字母。但是，这位同事在前些天发现拉金经常随身携带的棕色皮包上没有名字的首字母。当他无意中问到这件事时，拉金瞬间变了脸色。

"之后我就把这件事忘得一干二净。现在想想确实很奇怪。说起来，我没看到他的棕色皮包。"

警方闻言吃了一惊。

遗物清单中根本没有"棕色皮包"。看来这个皮包不是在拉金死前丢了，就是有人在他死后拿走了。这是警方第一次透过团团迷雾，发现了明确的调查目标，现场的气氛一下子活跃起来。

不久又出现了一个关于"棕色皮包"的有力证言。

这次的证人是一位年轻女性，她在剧场的寄存处工作。

拉金没有什么朋友，喜欢独来独往，唯一的爱好就是去剧场观看演出。

剧场通常会在入口处为客人提供寄存物品的寄存处。演出结束后，客人可以凭借寄存牌取走寄存物品。拉金一直也是如此，在观演前把棕色皮包存在寄存处，临走时取走皮包回家。

警方分头取证时，剧场寄存处的某位工作人员想起一件奇怪的事情。

最近总是有两个相似的棕色皮包在同一天存放在寄存处。为了在客人取件时区分清楚，工作人员仔细记下了寄存牌的号码。

遗憾的是，这位寄存处的工作人员并不记得拉金以及另一位皮包主人的相貌了（她的注意力仅限于交给客人的寄存物与寄存牌）。

与拉金的公文包类似的皮包出现在同一个场所的同一个时间段。

根据寄存处工作人员的证词，警方走访了伦敦市内的皮包店，寻找同时购买了两个"类似这样的棕色皮包"的客人。

幸运的是，卖包的店员还记得顾客的样子。

那人一头金发，灰眼方脸，身材结实。一身质地优良的西装，脚踩一双棕色的皮鞋。

人类的记忆真是不可思议。

一旦听说和杀人案有关，每个人都突然挺身而出，协助警方调查。连本人都以为早已忘记的事情，通过一些琐碎的小事，都能再次把它从记忆深处挖出来。

经过调查发现，购买皮包的顾客留给店家的住址和名字都是不存在的。当看似洁白的表面上出现一个污点时，人的记忆便犹如雨后春笋般冒了出来。

"说起来，常常在 SOHO 区见到那位客人。"

警方根据店员的证词画了画像，发到每个警员手中。以

SOHO区为中心，开始进行走访。结果，弗雷德里克斯·奥古登的名字出现了。

"干得好，把那个男人带回来问话。"

温特总警督听完报告，立刻压低嗓音下达命令。

苏格兰场犯罪调查部的办公室中，距案件发生已经过了十天。

"但是……真要这么做吗？"

霍普金斯的视线从面前摊开的笔记本移开，他抬起头、担心似的皱了皱眉头。

"从现阶段来看，奥古登和拉金并无任何交点。有可能拿着同样的皮包去同一个剧场，顶多也就是这样的关系。奥古登无论在工作上还是生活上口碑都不错。要逮捕他还需要再多调查一些……"

"只是带他过来聊聊。"

温特言简意赅地说道，目光停留在放在手边的关于奥古登的报告书上。

这个人的履历也太干净了，没有任何疑点。也就是说——

他一定有问题。

温特伸手拨弄着那份报告书。

"这家伙肯定知道些什么。在他逃之夭夭之前，给我带回来问话。快去！"

"是，长官！"

霍普金斯巡佐立正行礼。

他转身正要离开，办公室的门突然开了。

透过门的缝隙，可以看到一个身材瘦高的男子。那人脑袋不大，四肢细长，好似蜘蛛一般。银色的头发梳得十分整齐，戴着一副银色细框的圆眼镜，死神般的黑色西装裹在身上。西装的质地极好，一看就是高档货。

"有空聊两句吗？"

男子似乎与温特总警督十分熟稔。与此同时，他挡住了准备离开办公室的霍普金斯。

霍普金斯疑惑地转过头，只见温特总警督对自己默默地点头，于是向那名瘦瘦的黑西装男子问道：

"有什么事吗？"

"弗雷德里克斯·奥古登。"

男子站在办公室门口直截了当地说道。

"我希望你不要动他。奥古登归我负责。另外——"

他摘下眼镜，从口袋里拿出眼镜布仔细地擦拭一番，边擦边用聊天般的口吻继续说。

"约翰·拉金是自杀。"

温特总警督一声不响地眯起了双眼。脑海中犹如打翻了玩具箱似的，有关已故拉金的情报四散开来。

在使馆工作的小吏……工作热心……从早到晚埋头工作……独自加班……家中从未有人做客……有时把工作带回家做……两个几乎一模一样的皮包……去剧院看演出……

大量的情报充盈脑海，最终拼凑成一个完整的图形。

"是这样啊。"

"是啊，就是这样。"

身形消瘦的男子仔细擦完眼镜后，重新戴上，看向温特说道：

"真是对不住了，我们要接手这次的案子了。"

他说完，正要走出办公室时，被温特叫住了。

"等等。"

温特目不转睛地盯着回头看向自己的消瘦男子，低声说道。

"给我一份报告书。"

"报告书?"

"关于杀人案的报告书。"

男子站在原地,略作沉吟后,轻轻地耸了耸肩膀。

"好吧。稍后送来。"

说罢,他关上门离开了。

霍普金斯愣愣地看着那二人的你来我往,在房门关上的瞬间,好似被解除了魔法般眨了眨眼睛。

"这到底是怎么回事儿呢!"

他回过头,气愤地质问温特总警督。

"什么叫作'不要动弗雷德里克斯·奥古登'?什么叫'奥古登归我负责'?您不是要我带人回来问话吗?"

温特总警督一言不发地摇了摇头。霍普金斯噘着嘴问道:

"刚才那个人是谁呀?好像是您的老相识。"

"他是威廉姆斯爵士。"

"什么?爵士?也就是说……他是贵族?"

"起码现在是个贵族。"

温特粗暴地答道。

"大战中一起派往欧洲大陆的时候,他还只是'威廉姆斯'而已。我和他都是小队中为数不多的幸存者。我们俩都是从战场中生还的人。交情的确不浅。"

他们眼睁睁地看着远比自己优秀的同伴犹如苍蝇般被人拍死在战场上……

在那场战争中,英国贵族子弟多半成为"志愿兵"。满怀希望地奔赴前线,却连敌兵都没有看清楚就被杀死的不在少数。贵族们这才注意到战争早已面目全非了。

"高贵的义务"——似乎英国贵族已经做好了心理准备。但是，他们是否会遣送自家子弟踏上下一个战场，就是个很大的问题了。

"原来如此。您二位是战友呀。难怪了。"

霍普金斯似乎接受了这个解释，边喃喃自语边抬起头。

"那现在呢？威廉姆斯爵士现在做什么工作呢？"

——他现在是只阴沟里的老鼠。

霍普金斯有些出乎意料，看他眉头紧皱的样子，似乎没听懂对方的意思。

温特耸耸肩，无可奈何地解释道：

"他就职于军情五处，专门负责清理国内的间谍。"

6

潘多拉。这位与众多永生的神祇同在、光辉耀眼的美丽少女。宙斯向她跳动的心脏中灌输薄情，为她娇艳的唇瓣注入谎言……

"我还是理解不了。"

说着，霍普金斯把杯中物一饮而尽，苦得他五官都皱在了一起。但是，他立刻示意老板续杯。这已经是第四杯了。布满雀斑的白皙脸庞上一片红潮。

"别喝了。"温特总警督挑眉警告道。

"要是喝醉了，还不知道会惹出什么乱子呢。"

"别管我，今天就是要一醉方休。"

霍普金斯自暴自弃道。他举起刚刚送来的酒杯，埋头喝着苦涩的酒沫。

"猫与鹅"是一家位于伦敦市中心皮卡迪利广场附近小胡同中的酒吧，常常被当地的熟客挤得水泄不通。

最后，约翰·拉金之死被认定为自杀。

几天前，设在苏格兰场犯罪调查部的搜查大本营已经解散，调查员们也各自埋头于新的案子中。但是——

"我们那么努力地查案，到底是为了什么呀？"

霍普金斯巡佐端着酒杯，不满地抬起头抱怨道。

"奥古登肯定知道些什么。说不定问问他就能知道拉金的死亡真相了。"

他噘着嘴，摇摇头。

"就像好不容易得到的大肥肉眼睁睁地被人抢走了。"

"他已经承认杀人了。"

温特总警督压低嗓音说的话几乎要被酒吧的嘈杂声音淹没。

"什么？"

"我收到了调查报告。弗雷德里克斯·奥古登承认了杀害拉金的事实。"

"也就是说，那个案子就是……"

温特默默地点头，面无表情地端起酒杯。

"抓住了凶手，明确了杀人动机。这次的案子就结束了。"

来自MI5——"阴沟里"的机密调查报告，永远都不会被公之于众。

"那么……杀人动机是什么？"霍普金斯看了看周围，压低声音问道。

"哎呀，话说这位奥古登真的是国外的间谍吗？"

"据奥古登供述，他作为商人常常出入德国，渐渐意识到

'身上流淌着德意志的血液''比起英国的颓废自由主义，对德国的新思想更能引起共识'。奥古登的曾祖父似乎是从欧洲大陆移民过来的。"

"德国的新思想？"

"德国国家社会主义劳动党——就是'纳粹'的思想啊。"

"为纳粹的美好梦想奉献终生。"

奥古登毫无恶意地供述道。

这种对于多数英国国民而言难以理解的纳粹思想，如今在德国国内却得到大量知识分子、优秀思想家的认同，他们呼吁民众参加纳粹运动，不遗余力地向世界宣扬纳粹思想。

奥古登最初以商人的身份接近纳粹，通过渐渐熟稔的纳粹党员向纳粹党宣誓效忠。为了支持他们的运动自愿加入"纳粹第五列"——申请在英国国内开展间谍活动。通过申请后，奥古登在德国国内接受了间谍训练。

奥古登回到英国后，接触了在外交部工作的拉金，悉数买下英国的外交情报。拉金就这样上钩了。拉金亲口说过，他贩卖情报的动机与其说是为了赚钱，不如说是为了报复那些在背地里喊他"小白鼠"、把他当成傻瓜的同僚。他独自生活，从心底里渴望着遇到认定自己能力的人。这就是对于间谍而言，任何人都会拥有的、给人有可乘之机的弱点。

有两个公文包被运用在间谍活动中。

拉金唯一的爱好就是去剧院看演出。奥古登利用了这一点。在剧院入口处的存包处存包后，会得到一个号牌，据此取包。存包处的服务员只会留意号牌的号码。奥古登利用这个"漏洞"，在剧院的座席、洗手间或走廊与拉金互换号牌。号牌完全可以只手隐藏，无论如何换号不成问题。离开剧院时按照号牌，若无其事地取包就好了。奥古登拿走的是装有英国外交情报复印件的拉金的公文包，而拉金取走的包里则放入了现金酬劳。

长期以来进展都很顺利。一手交钱，一手交情报。拉金收了钱，却从未挥霍，从某种意义上来说，他是个理想的情报贩子，始终没有招致周围人的怀疑。

然而，最近拉金说他不想干了。也许是背叛祖国的生活不断消耗着他的精神，也许是他意外有了升职机会。贩卖一些无关痛痒的情报，良心上也没有遭受很大的谴责。升职以后，拉金接触到更重要的情报，此时，他突然开始害怕了。

奥古登对拉金施压，要挟他"现在撒手不干的话，就把他以前的背叛行径全部公之于众，必须继续当间谍"。

如此一来，奥古登做得有些过火了。

拉金的精神状态变得不稳定，常常酗酒。可能他自己就会把秘密捅出去。感到危险的奥古登决定除掉拉金。

奥古登选择一个雾气氤氲的日子登门拜访拉金。在半开的门外笑脸以对，说着"长时间以来辛苦你了。你可以不干了，让我们喝一杯散伙酒吧"，骗拉金打开了防盗链……

"弗雷德里克斯·奥古登于公于私口碑都非常好。"

霍普金斯记得他在调查报告上如此写道。能够令一个满心戒备的人轻易地打开门，一定是一个嘴巴甜、讨人喜欢的人。

奥古登把拉金灌醉，趁其不备、从身后一棍打昏了拉金。

"用棍棒击打头后部不会留下任何证据。"奥古登做证道，"这是德国谍报机关教的方法。"

他把昏厥的拉金拖到浴室，把那矮小的身躯沉入放满热水的浴缸中，割开了手腕（"这样就不用担心溅自己一身血了"）。拉金就这样丧了命。

一口气解释了许久，说得温特总警督口干舌燥。

他拿起酒杯，头也不抬地问道：

"关于这个案子，你还有什么想问的吗？"

温特总警督目不转睛地盯着霍普金斯，后者这才回过神来说道：

"啊，让我想想……他——身为杀人凶手的奥古登之后会怎么样呢？"

拉金的死已被判定为自杀，在外界看来是不存在杀人凶手的。可是——

"身份暴露的间谍会受到比我国法律中的规定更加严厉的刑罚。"

温特总警督一字一句慢悠悠地说着。

要么强制其成为双重间谍为英国效力，要么就会被秘密地处理了。

无论如何，用法外手段予以处罚原本就是国家级的犯罪行为。国家法律与国际法律都不适用于间谍，因此，在他们成为间谍时，就意味着接受了遭到逮捕时将会面临的命运……

霍普金斯皱了皱眉，沉着脸陷入了短暂的沉默。

"没办法。这次只能就此收手了。"

温特耸耸肩，小声说着，一抬头却看到霍普金斯那张满面通红的脸庞上露出了笑容。

"管它是军情五处还是六处，他们难得让人看到那副慌乱的德行。看来他们根本没有察觉奥古登的间谍行径，对吧？"

温特总警督轻轻点点头。

奥古登身为间谍，手段的确高明。军情五处的那伙人完全没有发现他的行踪。特地送来的"杀人案调查报告"不就是最好的证据吗？就算是老战友拜托他们，那伙人一般也不会同意做什么调查报告。"

军情五处这伙人通过苏格兰场的调查，才开始注意奥古登的间谍活动。这次的调查报告算是他们的谢礼。

"这次又是总警督您的功劳呢。"

霍普金斯兴奋得眼中闪闪发光，上身越过酒桌、探了过去。

"发现拉金死在家里的时候，我们大家都觉得是'自杀'。只有总警督您一个人看穿这是一场谋杀案。如果不是您的判断，这个案子肯定就按一般的自杀案处理了。奥古登杀了人就能大摇大摆地脱身，继续做他的间谍了。那时，总警督注意到防盗链的犯罪手法——这可是破案的关键。为苏格兰场犯罪调查部的骄傲、为我们亲爱的温特总警督干杯！"

说着，霍普金斯趁势一口气喝干杯中物。突然，他脸色大变，摇摇晃晃地冲向洗手间。

"傻瓜。都说让你别喝了。"

温特总警督苦笑着嘟囔了一句。他忽然注意到一件怪事。

脑海中回想起军情五处送来的调查报告。

没错。

奥古登一五一十地供出了杀人手法。

把拉金灌醉，趁其不备、从身后一棍打昏了拉金。再把昏厥的拉金拖到浴室，沉入放满热水的浴缸中，割开了手腕，拉金就这样丧了命。拿走了有可能成为证据的皮包和惹人耳目的大量现金（拉金遵从奥古登的暗示，把酬金夹藏在自家抽屉的文件中，"这样不容易被发现"。杀害拉金后，奥古登用一些不重要的文件换出了文件夹中的现金）。然后，擦掉了房间中自己的指纹，用事先配好的钥匙锁上了房门……

这可真是详尽的调查报告。

躲在暗处的那些家伙调查得很彻底。从某种意义上而言，调查能力远在苏格兰场之上。不过，他们在调查时肯定毫不犹豫地使用了一些非法审讯手段或是违禁药物。嫌疑人不可能有所保留，会被那伙人榨干最后一滴血。

可是，奥古登为什么对防盗链的把戏只字未提呢？

正如霍普金斯所说的那样，如果不是温特总警督在现场提出他杀的可能性，就不会详细地调查拉金的死因。

与此相反，一旦涉及谋杀案的调查，就会得到伦敦市民积极全面的协助。无论好坏，生死是人们最关心的事情。正因为如此，他们也能回想起本已忘记的事情。杀人案在嫌疑犯遭到怀疑时就结案了。无论用多少手段，嫌疑犯也无法从全伦敦市民的好奇心和身为犯罪调查专家的警察组织的调查中全身而退。

苏格兰场最终查到奥古登，可以说是组织调查的必然结果，绝非偶然。但是——

温特曾指出凶手也许利用防盗链伪造密室。这是该案唯一的出发点。

为什么我会注意到这种可能性呢？

温特总警督眯起双眼，集中精神回忆起来。

我看见了什么？在什么地方、听到了什么？

一个黑影在视野的角落中一闪而过。

有人背对着我站在那儿……在伦敦平民区的"葡萄与羽毛"吧中……酒吧角落的酒桌旁……有一名把工帽压得很低的年轻男子。

是镜子！

想起来了。

那个黑影映在酒吧肮脏的镜子里。略脏的鸭舌帽压得很低，遮住了年轻男子的脸……一口流利的伦敦腔……完美地混入工人中……

——糟糕，手指头黏糊糊的。

年轻男子的声音突然在温特总警督的耳边回响起来。

——不是门把手，是防盗链黏糊糊的。

这应该是他和什么人的对话，可是想不起来说了别的什么，以至于温特总警督只清清楚楚地记得年轻男子说过的这句话。

温特睁大双眼。

之所以自己在现场忽然发觉防盗链伪造密室的手法，就是因为这段记忆。为什么直到现在才想起来呢？

他手扶额头，努力地回想。

记忆中那个映在酒吧镜子中的年轻男子的侧脸白得什么也看不清。

犹如幽灵从身后路过一般，温特不由得咽了口唾液。

他想起一件事。

前几日，在军情五处工作的"老战友"威廉姆斯爵士说，传闻东洋的岛国日本新设了一个奇怪的谍报机关。

这个从民间挑选优秀人才、将其培养成间谍的组织，与人称"白痴军官"的日本间谍有着本质的区别。那些人不仅可以窃取敌方情报，还可以利用最前沿的心理学或易容术随心所欲地控制他人。

起初听到这番传闻时，温特还以为威廉姆斯爵士肯定是在开玩笑。

"难怪你会不相信。说实话，我们也心存疑虑。"

威廉姆斯爵士一脸认真地说道，但还是让人难以置信，反而会让温特以为这位老战友很可怜，每日在军情五处面对奇奇怪怪的阴谋论，才会产生这样不切实际的幻想。

"这个日本新的谍报机关是个极其特殊且优秀的组织，就算是以拥有悠久历史为傲的英国谍报机关，也已经被他们钻了不少空子。"

那时，老战友说过这样的话。

"看来那伙人已经潜入我国了。"

他沉着脸说道。

那名年轻男子是日本间谍吗？可是，不会吧——

思索慢慢卷起旋涡。

某种假设清晰地浮现出脑海。

也许奥古登根本没有在防盗链上做手脚呢？

仔细想想，奥古登没有这么做的道理。想要伪装成自杀的话，有人发现上锁的房间中有具割腕的尸体就够了。说起来，那个防盗链的伪装太粗糙了。

为什么拉金的死亡现场非要变成双重密室不可呢？

奥古登杀害拉金离开以后，是日本间谍潜入了那个房间，在防盗链上做了手脚吗？制造蹩脚的密室，种下让调查机关怀疑的种子——就是为了让英国的调查机关逮捕身为德国间谍的奥古登吗？

怎么可能！

温特缓缓地摇摇头。

说起来日德两国现在是同盟国。他们是退出联合国后，在国际社会中孤立无援、为数不多的交好国家。英国的外交情报流失到德国，对于日本而言应该是个利好消息。日本的间谍没有任何理由让身为德国间谍的奥古登故意被英国调查机关抓捕——

不对，不是这样的。

温特又眯起了双眼，重新思索起来。

对于间谍而言，两国是否缔约同盟和他们一点儿关系也没有。只有一致的利益才与他们切身相关。众所周知，正因为是在外交上有大量缔结条约机会的同盟国，才会有更加激烈的谍报战。事实上，德国不是也甩开了日本，和苏联签订了对本国有利的友好条约吗？"合久必分"正是国际政治的现状。德国在欧洲大陆上的闪电战不断推进，而另一方面，日本早已身陷亚洲战场的泥沼之中。两国缔结友好条约时，双方手中的底牌差距悬殊，已经造就了二者不平等的关系……

奥古登是个优秀的间谍，优秀到军情五处都难以察觉的地步。

日本间谍和奥古登都想掌握英国的军事外交机密情报。换句话说，他们是黑暗世界的竞争者。一方面，拥有英国国籍的奥古登比日本间谍更具有在英国国内开展活动的优势。而对于日本间谍而言，获取同样情报的奥古登自然就是眼中钉。

但是，如今奥古登却犯下一个致命的错误。

他杀害了贩卖情报的拉金。

恐怕奥古登受训的德国军情局教导过他要除掉有可能泄密的情报贩子吧。从奥古登冷静的行动来看，恐怕从杀人的手法到伪装自杀的方法，都是经受了充足训练的结果。

差一点儿就被当成自杀案处理了——如果不是日本间谍制作了那个蹩脚的双重密室。

日本间谍知道温特的习惯，知道他会根据以往的经验，从留意酒吧的对话开始寻找作案手法，也许还详细调查过温特的一举一动。另一方面，日本间谍发现奥古登杀害拉金的计划，于是跟在温特身后，不动声色地把"防盗链"和"黏糊糊"这两个词灌输给温特。当奥古登实施杀人计划后，调查机关自然会从奇怪的防盗链开始着手进行调查——

　　调查机关一旦开始调查杀人案，就会事无巨细。警察毕竟是搜查的专业人士。无论凶手多么狡猾，也不可能做到尽善尽美，一定会留下蛛丝马迹。嫌疑人无法从全伦敦市民的好奇心和身为犯罪调查专家的警察组织的调查中全身而退……

　　温特总警督皱了皱眉。

　　那个日本间谍掌握了自己的一举一动——而且还控制了他的行动——想起来真是令人不快。可是，拜其所赐才能抓捕杀害拉金的凶手，查明奥古登的杀人动机。

　　温特抬起头。

　　被油烟熏脏的镜子中照出了自己的脸。

　　潘多拉的薄情与谎言。间谍的任务就是让所有人难辨真假，相互欺骗。即便在"葡萄与羽毛"酒吧中看到的那名男子真的是日本间谍，这次也仅仅是与英国调查机关恰巧利益一致而已。温特知道的仅限于此了吧。

　　"别太得意了。"

　　温特眯起双眼，嘟囔道。

　　身为警察，温特不知道间谍的职业骄傲是什么。

　　但是，绝不容许杀人的行径。一旦有人杀了人，一定要把他从藏身的洞穴中揪出来，暴露在众目睽睽之下。这就是警察的工作，是在潘多拉的盒子打开后，这个世界留给自己最后的希望。所以，无论是什么理由，如果那名男子动手杀人，温特都会让他知道这是间谍最不应该做的选择。

　　——在那之前，这次就算是欠你一个人情。

　　温特总警督挑挑眉，向镜子中没有映出容貌的对手举杯说道。

亚细亚号特快列车

亚细亚，公元前八世纪前后，古代腓尼基人称爱琴海以东为"asu"（即"东方""日出"之意），称爱琴海以西为"ereb"（即"西方""日落"之意）。后接拉丁语尾缀"ia"，构成"ASIA"一词。

1

满铁特快亚细亚号从"新京"准时出发。

从哈尔滨到大连约九百五十公里,虽然中国大陆各地战火纷飞,但该特快依旧准点运行,曾经一度令以伯纳比为首的英国考察团惊叹不已。

濑户礼二端坐在位于特快列车末端一等座中段的座位上,一边做出翻阅报纸的样子,一边向前方迅速瞟了一眼。

在濑户的前两排,靠走廊的座位上坐着一个中年白人男子。圆脸,身材微胖,干枯的灰色头发稍稍有了脱发的迹象。棕色眼珠、长鼻子,具有典型斯拉夫人的样貌特征。那名男子身着整齐的灰色西装,看上去似乎是在制衣店定做的,用料也不错。

他从"新京"上车,一直坐立不安,脑袋不停地左右摇晃,伸到走廊上的茶色鞋尖也无意识地不断敲击地面。

白痴。

濑户的目光回到报纸上,暗自咋舌。

这不是等于到处宣扬"我就是叛徒"吗?

那名男子名叫安东·莫罗佐夫,是苏联驻"满洲"领事馆的二等书记官。

大约半年前——

濑户接近了为哈尔滨夜总会舞女神魂颠倒的莫罗佐夫,起初用金钱和美言进行拉拢,之后用威逼利诱控制了他——用他们的行话来说就是"榨干他"。

从此以后，濑户以金钱作为交换，从莫罗佐夫手上秘密获取了苏联的内部情报。

三日前，莫罗佐夫联系濑户。

在"满洲"发行的英文报纸《满洲日报》的寻人启事中，刊登了某人的名字。这是事先决定的紧急联络方式。

"十分重要、万分紧急。"

莫罗佐夫同时开出情报对价，以"联系电话"的形式一起登报。如果不是在转换暗号时弄错了零的个数，从开价的金额来看，这是一份极其重要的秘密情报。

莫罗佐夫在报纸上同时还用暗号指定了交易地点，即满铁特快亚细亚号。

于是，濑户在指定日期亲自搭乘了亚细亚号。

莫罗佐夫不知道濑户的样貌。不，其实就算他见过濑户，像他这种没有接受过间谍训练的普通人，也无法认出乔装后的濑户。因此在接头时，双方根据事先约定的接头暗号确认彼此的身份。

从"新京站"出发一小时二十分钟之后，亚细亚号准时停靠在四平街站，停靠该站四分钟后，再次平稳出站。这里是专门为经停列车补给水和煤炭的车站，几乎无人上下车。

待亚细亚号出站行驶达到一定速度后，莫罗佐夫站起身，回头看了看，脸色依然苍白，身体却停止了颤抖。看起来他已经下定决心了。

莫罗佐夫拿着叠好的报纸，走向盥洗室。

这是事先商量好的暗号。

濑户一边看着面前打开的报纸，一边缓缓地数着数。

五、六、七、八……

如果两个人相继行动，很容易给周围的人留下印象。要尽力避免惹人注意——

这是间谍的原则。

……十八、十九、二十。

濑户慢慢地叠好报纸，用藏在掌心的小镜子确认身后的情形。

他看到从盥洗室方向走来一个纤细的身影，鸭舌帽压得很低，与莫罗佐夫擦肩而过。明明现在是盛夏时节，那人却穿了一袭黑衣。他打开亚细亚号上唯一一间一等特别包厢的房门，走了进去。

嗯？

濑户瞬间觉得不对劲，皱了皱眉头，立刻又装出若无其事的样子，站了起来。

特别包厢的房门紧闭，看不到里面的样子。

濑户走过特别包厢，向盥洗室走去。

在一等座车厢与二等座车厢之间的通道上有两个并排的洗脸池。按照事先约定，他们本应在水池旁一边整理衣服，一边装作素昧平生、偶然同坐一趟车的乘客，打个招呼，聊聊家常，以此互对暗号，确认彼此身份再交换情报。

可是，莫罗佐夫不在盥洗室。

濑户只好暂时走出盥洗室，观察周围的情形。左面是一等座车厢，右面则是二等座车厢。包括走廊在内，哪里都没有人影。当然，无法排除莫罗佐夫穿过二等座车厢，去前面餐车的可能性。

濑户慢慢地转过头。

盥洗室旁的独立卫生间关着门。门上的显示牌写着"无人"二字。当列车开过铁轨的间隙时，卫生间的门被这轻微的震动震得咔嗒响。

濑户握住门把手，轻轻推开门。

只见莫罗佐夫倒在卫生间的地板上。

濑户快速地环顾四周。

"门内有人倒下"是间谍常常设置的陷阱。总是有人急着一头扎进陷阱，从而丢了性命。自己可不能重蹈覆辙。

濑户一边小心翼翼地观察是否有人下套，一边从门缝溜进卫生间。

他伸手确认着倒地不起的莫罗佐夫的脉搏。

没救了。莫罗佐夫的右手紧紧抓住衬衣的左胸处，仿佛惊恐万分似的双眼圆睁。

心脏停搏——

乍一看这就是死因。没有任何疑点。就算尸体解剖恐怕也会得出这个结论。但是，两个月以来，濑户身边连续有三个人发生了相同的情况。这就另当别论了。

第一个人在餐厅吃饭时突然倒地不起，第二个人被人发现倒在自家门口。

死因都是心脏停搏。

濑户没有见过他们。唯一的共同点就是这二人都是濑户的可用财产——苏联内部情报的贩卖者。

莫罗佐夫是第三个。

濑户在检查莫罗佐夫尸体的时候，发现其头部有一处不易察觉的伤痕，看上去像是被针扎过的痕迹。如果不仔细检查，根本发现不了这处伤口。

看来是无法检测出的毒素啊。

濑户抬起头，左顾右盼。莫罗佐夫离席时本应一直拿在手里的报纸不见了。

看来此地不宜久留。

濑户站起身，忽然发现莫罗佐夫的上衣口袋中有张卡片，好似故意让人发现般露出一截。

他小心翼翼地用手指夹着卡片，从口袋中抽了出来。

那是一张塔罗牌。在占卜时常常使用的牌型。牌面则是——"倒吊男"。

塔罗牌上描绘着男子手握钱袋的图案。

此牌意指"犹大"，就是那个"出卖耶稣基督的叛徒"。

濑户眯起双眼。

如此一来，死去的三个人又多了一个相同点。

那就是在三个人的尸体上都发现了塔罗牌，而且牌面图案都是"倒吊男"。

这一次绝非偶然。

能利用检测不出的毒药伪装成心脏停搏致人死亡，并且每次都留下代表"背叛"和"死亡"的塔罗牌。毫无疑问他们都死于"SMERSH"之手。

SMERSH。

这是以"铲除间谍"为目的的苏联秘密情报机关，名字取自俄语的"SMERT SHPIONAM"（间谍去死）。该机关的全貌笼罩在层层迷雾之中。

莫罗佐夫是在亚细亚号离开四平街站后遇害身亡的。

也就是说，暗杀者还在这趟特快列车上。

濑户丢下莫罗佐夫的尸体，独自离开卫生间，在盥洗室的镜子前整理了一下衣服，若无其事地走上走廊。

亚细亚号疾驰在"满洲"的旷野中。

下一站是奉天。

距离奉天站还有两个小时左右。

其间，任何人都无法下车。

2

"大东亚文化协会满洲分部办事员"——这是濑户的正式身份。

在"新京"事务所负责制作"让世界了解满洲"的宣传册。

这家事务所位于车站前广场附近租借的建筑中，濑户每天按时上下班。一头长发总是梳得整整齐齐，身穿素色西装，头戴软帽，小臂上挂着手杖，每每遇到熟人，都会亲切地和他们打招呼。如此一来，大概没人能想到濑户是日本帝国陆军的高级军官，更不会有人怀疑他是日本陆军间谍了。

旁人看到的只不过是伪装成"濑户礼二"的假面具而已，甚至连这个名字都是假名。

在"满洲首都新京"收集情报——这就是濑户身为间谍的真实面目。

"满洲"原本就是伴随阴谋而生的。

昭和六年。

以柳条湖铁路爆炸事件为契机，日本关东军在"满洲"（中国东北）展开军事行动，很快占领了"满洲"全境。第二年，即昭和七年，"满洲独立建国"，随后，清朝末代皇帝溥仪在"满洲"称帝——

然而，这一系列闹剧都是关东军特务机关自导自演的。据传，作为导火索的铁路爆炸事件也是关东军一手制造的。这是当时人尽皆知的传闻。

当时的日本政府以及陆军参谋本部的方针是"不扩大中国战线"，同时也反对占领"满洲"。关东军忽视本国方针，"运筹帷幄"，炮制既成事实，强行创造出一个和政府与军方的方针截然相反的"事实"，也就是"满洲国"。

不可思议的是，如今日本的政治家和参谋本部不仅追认了这个现实，而且开始鼓吹"满洲是日本的生命线"，甚至还出现一群不懂装懂的家伙口出狂言，称赞"关东军特务机关是谍报机关的楷模，他们才称得上是日本的间谍"。

但是，真正的间谍活动是与关东军特务机关的谋略截然不同、恰恰相反的。

把秘密情报弄到手，经过分析后，在复杂的情况中选择最优选项指定方针并执行——这才是真正的谍报活动。和那种无视现状、通过自导自演的拙劣闹剧制造出既成事实的阴谋恰恰相反。

从阴谋中诞生的新国家"满洲国"，国内外不断滋生各种歪理。在国际社会的一致谴责下，日本被迫退出国际联盟。"满洲国"内各方势力混杂，成立的公立搜查机关泛滥，展开了激烈的地盘争夺战。各国间谍趁虚而入，如同夜晚的魑魅魍魉一般蠢蠢欲动。

在"满洲国"利用情报贩子，维持并管理情报网是一件非常复杂且十分困难的任务。既不能惹人注目，也不能像特务机关那样搞阴谋。间谍的高超能力绝不是他们能相提并论的。

任命"新京"任务之际，他才拿到"濑户礼二"的资料。从这个人的身世到人际关系、学历、特征、兴趣爱好、服装及饮食喜好等，方方面面的情报事无巨细地记载在那份厚厚的资料当中。

——分毫不差地记住。一旦遭到怀疑,间谍生涯就结束了。

顺着桌子把资料滑过来的那个人,在逆光中犹如一道黑影。

做得到吗?

没有人问过他这个问题。

"濑户"看过资料,抬起头,唇畔绽放出一丝笑意。

当然做得到——

连这点儿自信都没有,又怎么能在这个男人手下当间谍呢。

结城中佐。

据传他是日本帝国陆军间谍中的传奇人物。

结城中佐建立的陆军秘密谍报人员培养学校——通称"D机关"——日本陆军史上前所未有的特殊组织。

自古以来,日本军队就有一种习俗,把军人称为"我们",蔑视军外人士,并称其为"那些家伙"或"土包子"。这种倾向在陆军最甚,他们无条件地尊崇着那些从陆军幼年学校进入陆军士官学校,最终毕业于陆军大学的优秀学生,把招募他们进入参谋本部作为军队的方针。结城中佐却提出了不同的方针,从普通大学中物色人才,将其培养成间谍。

因此,D机关在成立之初,就遭到了陆军内部的强烈抵触。

——土包子做得成什么大事。

——军方的重要机密怎么能交给外人。

不少陆军干部都口吐怨言。

结城中佐逆风而上,凭借一己之力建立了D机关,其后取得了令人瞠目结舌的成绩,才把周遭的风言风语压了下去。

——接受日本军人教育的人根本干不了间谍。

结城中佐在招揽的 D 机关学员面前冷冷地断言。

"陆军教育机关灌输的军人意志不过是'无条件服从命令'和'杀敌或死于敌手'而已。换句话说，就是'放弃自我思考'和'反社会性无条件具象化'。无论是哪一种情况，一旦离开战场便毫无用处。所以，他们不适合执行日常活动中的间谍任务。单独行动的间谍和军队中服从上级命令行动的军人有着天壤之别。不如说，间谍活动只有在社会中接受过高等教育、拥有开阔视野的人才能执行。"

正如结城中佐所说，D 机关的训练涉及方方面面。

必修课有医药、心理、物理、化学、生物等最前沿的知识。此外，召集了服刑的名偷、开保险柜的专家、魔术师、舞蹈老师等在内的各色人等担任教师，教授一些军人根本不可能学习的知识，甚至还有专业牛郎勾引女性的实战课这种奇怪课程。

无论是哪种行动，通常都要求学员们完美执行。

对于单独行动的间谍而言，任何一个细微的失误都会让自己命丧黄泉。

为了让他们铭刻于心，训练进行得十分充分。

——死是最坏的选择。

在 D 机关的训练过程中，濑户无数次听到这句话。

"在绝境之中，自杀是最简单的选择，但最终得到的也不过是自我满足而已。自杀所得到的战果为零，甚至是负数。你们的任务是活着带回情报。所以，无论在多么绝望的情况下，都不能放弃活下去的可能性。只要心脏还在跳动，就一定把情报带回来。你们都给我记住了，死了的间谍和任务失败的丧家犬没有什么两样！"

结城中佐环视着学员，说话时不带丝毫感情。

彻底否定自我陶醉和顾影自怜。

在间谍面前只有任务。

对于间谍而言，"杀人"也是最坏的选择。

平时，最受人瞩目的"事件"就是杀人。不仅搜查机关会出动，还会一直被社会上的好奇视线所关注。结果，间谍的伪装一定会露出破绽，秘密也会顺藤摸瓜地被公之于众。涉案的间谍会暴露身份，或是招致人们的怀疑目光。

一旦遭受怀疑，任务就失败了。

让自己变得毫不起眼，彻底成为不会引人注意的影子。

"灰色的小矮子"——这是间谍的理想状态。

在将"杀敌或死于敌手"作为天职的军队中，结城中佐否定死亡的思想是彻头彻尾的异端邪说。正如箱子中腐烂的苹果会让周围的好苹果一起烂掉一样。陆军高层那些人并非无缘无故地厌恶结城中佐。拜其所赐，起初D机关几乎没有拿到预算，只得把旧日军用的旧鸽舍改造成"谍报人员培养学校"。

*

作为训练的一环，D机关即将举行击剑比赛。

宣布训练内容时，濑户悄无声息地低下头，唇角挂上若隐若现的笑容。

——这次一定可以轻松取胜了。

在英国牛津大学留学时，濑户从未在击剑比赛中落败。

无论在哪一方面，濑户都觉得不输给那些家伙。但是，暂且不论他的公开身份，英国学生本就当濑户是傻瓜——不，是从心底里认为濑户就是傻瓜。在彬彬有礼的英国绅士面具下，他们根本看不起一无是处的东方人。大部分英国学生都分不清日本人、中国人和朝鲜人。对于他们而言，日本是个"远东地区不知底细的国家"，日本留学生无论做了什么、说了什么，都和他们"毫无瓜葛"。

濑户在击剑比赛中，把这伙人全都打趴下了。

无人忽视肉体上遭受的物理性暴力。

濑户的攻击毫不留情。通常他都会瞄准要害、一击而中。受到濑户猛烈攻击而气绝晕倒的人不在少数。

比赛过后，当他们看到护具下那张东方人的脸时，不禁一脸错愕。发觉是被看扁的东方人打败时的一脸呆相，看着就让人心里痛快。

濑户的强大是有原因的。

他是罕见的左撇子。

再加上他发明的不合常规的独门剑技，几乎无人能敌。尤其是趁初次对战的对手疑惑之际使出的"穿刺"。

既然可以打赢英国人，怎么会打不赢日本人呢。

他对此不屑一顾。

第一场比赛。

戴上护具行礼之后，濑户突然发起攻击。这是他惯用的充分发挥左手优势的奇袭战术。

但是，对方轻易地躲开了这种不合常规的攻击，反而切实击中了濑户毫无防备的有效部位。

（怎么可能……）

他重整旗鼓，再次发动进攻。

无论进攻多少次，结果都是一样的。左手特有的独门剑技完全无效。对手冷静地避开濑户的再三攻击，伺机挑剑发起猛烈一击，战胜了他。

看来对方提前对濑户的动作进行彻底的研究，并做了充分的针对性练习。只能这样想了。但是，究竟为什么要这么做呢——

当困惑不解的濑户看到了某个情景时，不禁"啊"地小声喊了出来。

结城中佐在下一个对战方耳边悄悄传授机密。

难道……

他不禁恍然大悟。

难道这是针对自己一个人进行的训练吗？

之后，无论换了多少对手，濑户在每局三场的比赛中都没有拿下任何一局。

比赛全部结束后，濑户摘下护具，气喘吁吁。不仅是身体上的疲劳感，还有精神上感受的屈辱。

濑户察觉到向自己投来的视线，抬头看了过去，发现结城中佐幽暗无光的黑眼睛正目不转睛地盯着自己。

濑户默默地向他点了点头。

结城中佐笑了笑，转身离开了。

训练的意图已经明了。

濑户对击剑拥有绝对的自信，却遭到体无完肤的打击。

对于濑户而言，这可是他最为拿手的项目，反而更容易招致失败。他认为自己擅长击剑，因此在无意识之中疏忽了赛前准备。结城中佐调查了濑户在牛津大学的经历后，看破了击剑是濑户的"隐形弱点"，才故意在击剑比赛上碾压了濑户的自信心——

在谍战中疏忽大意的话，结果只有失败。

濑户将这次经历与遭受的耻辱一起铭记在心。恐怕其他的学员们也会被结城中佐指出自己从未注意的弱点，受到打击之余也有机会接受现实吧。

D机关的训练异常苛刻。

有时会让学员们衣冠整齐地在冰冷的水中游泳，之后彻夜不眠地赶往指定地点，还要把前一天记得分毫不差的复杂暗号像日常用语一样脱口而出；有时甚至被注入吐真剂后，接受严苛的审讯训练。

彻底依靠自己的头脑来思索问题，置身绝地时只能依靠自己的精神和肉体。

虽然不愿意承认这一点，但事实就是如此残酷。

包括濑户在内的所有学员都面不改色地逐一完成了这些考验精神与肉体的高强度训练。

他们知道结城中佐曾经也完成了这些训练。

——这种程度的训练，自己一定也能完成。

这群拥有高度自尊心的学员抱着同样的想法聚集到了一起。

*

"如何在不露出自己底牌的情况下，得知对手手中的牌面"——在暗中进行不为人知的交锋才是间谍之间的较量。

间谍的存在本身就是非法的，与法律法规、伦理道德等毫无瓜葛。但是，无论是敌是友，在死了人的不利情况下，如需冷静地计算后果（暴露间谍的身份、苦心经营的谍报网遭到破坏），必然也成为间谍间的一种较量。原本应该是这样。但是——

这回可麻烦了。

濑户在亚细亚号餐车的椅子上坐下,手中摆弄着那张"倒吊男"的塔罗牌,皱起了眉头。

如果对手是苏联秘密情报机关SMERSH的一员,那就另当别论了。

苏维埃社会主义共和国联邦——苏联,是经过一九一七年的俄国革命后,于一九二二年建立的世界上第一个社会主义国家。

相比其他国家的间谍,苏联间谍有一个显著的特点,那就是"共产主义革命理想高于一切"。

正是如此。

思想、信仰、信念、意识形态……无论哪种定义,对于打着"理想"旗号的苏联间谍而言,利害取舍、得失算计都不适用。

苏联间谍为了保护共产主义革命成果——实现劳动者人人平等的社会——不惜杀人。无论暴露了间谍身份还是变成任务失败的丧家犬,他们都无所畏惧。

不为共产主义革命事业而生,就为共产主义革命事业而死。

对于坚信这种理念的苏联间谍,间谍之间原本的较量自然行不通了。

——重点在于,这伙人和如今的日本军人还真是一丘之貉啊。

濑户弹了弹手中的牌,自嘲般地笑了。

如今的日本军人热衷于皇国史观,并对此深信不疑。"日本是万世一系的天皇所统治的神国。"这种说法的起源暂且不提,把它当作独一无二的国家形象供上神坛是最近几年的事情。对抗欧美帝国主义等列强主张的"扩张文明空间的必然性",而提出"时间轴的正统性"的唯心国家观——只是为了维护日本在亚洲的权益编造出来的苦肉计罢了。

无论是哪种观念,只要能在其发挥有效功用时加以利用就可以了。"归根到底，所有的历史不过是场骗局"，将错就错就是了。然而，如今的日本军方死守陈规，把皇国史观作为国家利益摆在首位的人数不胜数。简直是本末倒置。军人一听到"天皇"二字就不再动脑子了，真是不可理喻。

这种倾向渐渐朝日本政客和普通民众渗透，因此也没法笑话一切以共产主义优先的苏联人。

濑户看了一眼手表，确认时间。

距离到达奉天站还有两个小时。

莫罗佐夫的尸体还在卫生间。他把门关上了，用笔尖从门外上了锁。这样还可以争取一些时间。

杀害莫罗佐夫的凶手如今还在这趟列车上。

濑户想起一件事，不禁皱了皱眉头。

刚才路过一等特别包厢前，他闻到了似有若无的烟草味。

那是哈尔滨等北方地区贩卖的"海鸥"牌纸卷烟。这种卷烟的烟嘴比烟卷长一倍多，因此烟民戴着厚厚的手套也能吸烟。南边的大连一带几乎没有这种牌子的卷烟。而吸"海鸥"牌卷烟的人几乎都是俄罗斯人——

瞬间，脑海里闪过那个映在手镜中的黑影。

盛夏时节一身黑，鸭舌帽压得很低，看不清楚样貌。那个黑影从莫罗佐夫要去的盥洗室方向走了过来，立刻进入一等特别包厢关上了门。从时间上推断，这个人很可能在盥洗室和莫罗佐夫相遇了……

"请问您点点儿什么？"

濑户抬起头，看到一位服务生打扮的少女拿着菜单，歪着头看着自己。

亚细亚号餐车的女服务生全部是金发碧眼、身材高挑的俄罗斯少女。这是在亚细亚号运营之际，满铁为了"营造国际气氛"而提出的聘用条件。据说，满铁干部特地赶赴哈尔滨举行面试，不仅考核外表，还要求应聘的少女们"家世清白"，录用条件是"会说日语"。少女们身穿绿色连衣裙外加白色围裙，受到乘客的一致好评。

濑户报以微笑，大致浏览了菜单后，点了一杯"亚细亚鸡尾酒"。和其他乘客点了相同的东西，就不会引起注意了。

"请稍等。"

少女施以一礼后退下了。濑户又把塔罗牌拿了出来。

手拿钱袋的倒吊男。

"去死吧，叛徒。"

对方是利用检测不出的毒药进行暗杀，将死者伪装成心脏停搏而死的职业杀手。

濑户抬起头，看着窗外不断变换的"满洲"风景暗自问道。

这该如何是好？

亚细亚号的车窗玻璃上忽然浮现出结城中佐的一袭黑影——转瞬即逝。

3

车窗玻璃上浮现出白净的脸。

两个。

哦不，还有第三个。

那是小孩子的脸。

濑户回过头，只见桌旁有三个男孩子半露着脸，目不转睛地盯着他。最大的孩子十岁左右，另一个八岁，最小的孩子大约五岁。眼睛又黑又圆，都剃了光头，看来是日本的小孩子。他们容貌相似，应该是兄弟或表兄弟吧。

三个小孩子的视线都集中在濑户的手上。

濑户不由得苦笑了一下。

看来自己下意识地用手指藏了牌。

在D机关的训练中，有职业魔术师给学员上课，展示专业的魔术技巧。大部分技巧都被学员们一眼识破——不仅如此，魔术师在变扑克和硬币时的独特手法，也被学员们如法炮制，甚至比专业魔术师的藏牌手法更加利落。看得授课魔术师目瞪口呆，垂头丧气地走了。

从那时起，濑户就留下了这个坏习惯。

虽说他正在思考如何应付行踪不定的苏联间谍，但在短时间内呈现出无防备状态，的确也是自己失误了。尤其是让感觉不到杀气的孩子们穿过打开的意识网，靠近自己。

无论找什么借口，被人看到自己的真面目也着实不妙。这样下去，不知道他们会在什么地方说些什么。与其如此——

只好让他们顺从地成为同伴了。

濑户把一度"消失"的塔罗牌变了出来，对孩子们招了招手，指了指身旁的空位，示意三个孩子过来坐。

孩子们相互看了看，用眼神交流了一下，诚惶诚恐地从桌子后面走出来。也许是因为乘坐亚细亚号列车的缘故，他们都穿着半袖白衬衣和藏蓝色短裤的"出客衣服"——犹如俄罗斯传统套娃一样。

年长的孩子壮着胆子走到濑户身旁坐了下来，让他的两个弟弟在对面坐下。看来年纪较大的两个孩子是亲兄弟，最小的那个是他们的表弟。

"大叔。"

年岁居中的男孩子隔着桌子探出上身，小声问道。

"大叔，你真的是魔术师吗？"

"很抱歉，叔叔我不是魔术师。只是喜欢变魔术而已。"

濑户耸耸肩，巡视四周，反过来发问道。

"你们家大人呢？"

年纪最小的孩子转过身，默默地指了指不远处的一张桌子。

两名女性相对而坐，看上去像是孩子们的母亲，她们聊兴正浓。从讲究的打扮来看，应该是出身富裕家庭的主妇。从侧面看，她们相貌相似，大概是两姐妹吧。许久未见的二人沉浸在谈论近况中。在亚细亚号上不会迷路——她们这才放心由着孩子们乱跑吧。

濑户露出一丝苦笑，望着窗外的风景。

外面是一望无际的黄色荒野，一直延伸到地平线。高粱地和荒凉的原野时而交替出现，单调至极。无论什么时候往外看，几乎都没有什么变化。

不难想象，孩子们很快就会觉得无聊了。

濑户把塔罗牌放进口袋，拿出硬币，在桌上排成一排。

一共六枚硬币。

手掌从右到左贴着硬币平移。

起先有三枚硬币消失了。

接着，他的手掌又从左边平移到右边，桌子上另外三枚硬币也消失不见了。

孩子们看得目瞪口呆。

濑户把手伸过桌子，从坐在斜对面那个最小的男孩耳后取出一枚硬币，然后从坐在对面的男孩衬衣领子里摸出一枚，最后他从邻座男孩面前的杯垫下夹出一枚硬币。

每当他拿出一枚硬币,孩子们就会更加吃惊。

濑户像是思考问题似的皱皱眉,指了指自己的鼻子,对孩子们做了一个掏裤兜的动作。

孩子们连忙把手伸进兜中,翻出了不知何时出现的硬币后欢呼起来。

"这些硬币归你们了。"

濑户一本正经地说道。

"就当是这次旅行的纪念品吧。"

那是"满洲国"发行的小额硬币。本身并不值钱,但是孩子们仿佛得到宝贝般,死死地攥在手中。

濑户背着孩子们偷偷松了一口气。

突然变这两个简单的魔术有两个目的。其一是让孩子们成为自己的同伴。另外一个目的,就是将被人不小心看到的塔罗牌——苏联间谍留下的证据——从这些孩子的记忆中抹去。凭借一己之力找到的硬币留下的印象更加深刻,会令之前的记忆模糊。

"大叔,你了解亚细亚号吗?"

年纪最大的男孩子看着濑户问道,眼中熠熠生辉,看表情似乎已经把濑户当成同伴。

"大叔不怎么了解呢。你呢?"

"我哥很厉害的!"

坐在对面的弟弟骄傲地插嘴道。

"亚细亚号的事儿没有他不知道的。很多数字也都知道哦,也可以告诉大叔你哦。"

"白痴,别乱说!"

年纪最大的孩子虽然训斥了弟弟,但没有露出不满的表情。

"我爸爸在满铁工作,所以我比其他人知道得更多。弟弟还小,听不太懂爸爸的话。"

他像小大人儿似的耸耸肩。

"不过,大叔应该都知道吧。像是'亚细亚'的最高时速是一百一十公里啦,'新京'到大连一共七百一十点四公里啦,运行时间八小时二十分啦,等等。"

说完,他偷偷看着濑户的脸。

看起来,这孩子想在弟弟们的面前出风头。这些话肯定会让他很有面子吧——

"你弟弟说得没错。你知道得真多啊。也教教大叔好不好。"

濑户对年长的男孩说着,看了一眼他们那不负责任的母亲。看来两位女士的话题一时半会儿聊不完了。

"以前,从'新京'到大连要坐十二个半小时呢。"

年长的孩子直视着濑户的眼睛,得意地说起来。

"当时的满铁特快列车是白鸽号,平均时速是五十六点一公里。之后每年提速,昭和五年的时候,从'新京'到大连的时间是十一个半小时,昭和七年就缩短到十小时五十分钟了。一共缩短了一小时四十分钟。这样的话,平均时速就是六十四点七公里。就算是这样,还是有比白鸽号更快的火车。那就是从东京到神户的东海道本线特快列车燕子号,平均时速是六十六点八公里。白鸽号怎么也跑不过燕子号。"

"真正的鸽子也飞不过燕子呀。"

最小的表弟笑嘻嘻地说道。

"为了跑过东海道本线特快列车燕子号,满铁尽全力开发了这列亚细亚号。"

哥哥果断地忽视了表弟的话，接着说道。

"由于亚细亚号采用了流线型车身，速度一下子提高了。最高时速一百一十公里，从'新京'到大连只需要八小时二十分钟。算下来的话，平均时速就是八十四点二公里，比燕子号的时速快十五公里呢。亚细亚号就成了'东亚第一快车'了。"

"棒棒的！"

弟弟瞪大了双眼喊道。他应该听了很多遍，每次都会觉得"（我哥记住了这么多数字）棒棒的"吧。

"亚细亚号不仅仅是东亚地区速度第一的列车哦。"

当哥哥的对弟弟的称赞百听不厌，得意地吸了吸鼻子继续说道。

"'亚细亚'的所有车厢都安装了冷暖空调。这也是'东亚首创''东亚第一'。'满洲'的夏天气温超过三十五摄氏度，冬天低得有零下四十摄氏度。对于在大陆运行的满铁来说，保持车内一定温度和湿度的空调是一直以来的课题。而且，列车高速运行时，车窗无法打开。因为煤烟和沙尘会从打开的车窗中飞进来。在满洲更是严重。所以，亚细亚号的车窗打不开，为了保持车内一定的温度，所有车窗都是双层玻璃。"

听着男孩成年人般的说话口吻，濑户的嘴角悄悄浮现出一丝苦笑。

恐怕这孩子是在复述他爸爸的话吧。

他的"在满铁工作的父亲"应该是开发亚细亚号的技术人员。男孩并没有完全理解父亲的话，然而，能正确记住艰深的专业用语和详细的数据，非常了不起啊。

濑户想起了一件事。

全部车厢安装了最新型号的空调。

最近，它成了人们的笑柄——当事人自然笑不出来——空调发生了故障。满洲发售的所有报纸应该都刊登了这件事，弄得尽人皆知。如果是这样的话……

值得一试。

濑户突然"啪"的一声拍了下巴掌，引起了孩子们的注意。

"这回让叔叔考考你们好不好？"

他看着这几个男孩子，说道。

"比亚细亚号更快的是什么？"

"如果在下一站奉天站下车，比你们更快把信送到大连，该怎么做呢？"

"大叔，你没听到吗？"

坐在濑户对面的二弟愣住了，大声喊道。

"我哥不是刚刚说过嘛，亚细亚号可是东亚第一快车呀！怎么可能比它更快呢！"

"白痴，倒是你才应该动动脑子呀！"

男孩的哥哥责备道。随后，他像个小大人儿似的托着下巴，昂着小脸看着濑户，小声说道。

"也许不是火车吧？"

他见濑户点了点头，松了一口气。这下子就能在弟弟们的面前保住颜面了。

"我知道！坐飞机！"

弟弟又喊起来。

"飞机肯定比亚细亚号快多了！"

"……明明是亚细亚号比飞机快呀。"

最小的男孩子插话道。当他发现大家的目光"唰"的一下集中在自己身上,他不禁涨红了脸,结结巴巴地继续说道。

"我见过。前些日子,我跟着爸爸一起坐亚细亚号,看见它和一架红色的飞机比赛谁更快。后来,飞机渐渐追不上了,落在后面看不到了。"

"说谎!怎么可能。因为……"

"嗯,这也有可能。"

哥哥的话让弟弟目瞪口呆。

"亚细亚号最高时速是一百一十公里,低空飞行的小型复叶机可能比不过亚细亚号。"

"真的吗?"

弟弟难以置信地问道。

"再说,去哪儿坐飞机呢?"

哥哥皱着眉头,瞪了满脸呆相的弟弟一眼。

"在下一站奉天站下车的话,换乘飞机很麻烦啊。还不如直接坐火车,可以更快到大连。"

"你说的也是呀。"

弟弟轻易地放弃了刚才的说法。

孩子们似乎都想不出其他答案了。

三个孩子纷纷看向濑户。

濑户双肘抵桌,双手在面前交叉。

"交给你们个任务。"

他像结城中佐那样压低嗓音说道。

"如果你们能顺利完成任务,叔叔就告诉你们答案。"

三个孩子连忙你看看我,我看看你,然后默默地点了点头。

濑户招了招手,让孩子们凑在一起,悄悄地把任务的内容告诉他们。

4

在这附近吗？

濑户在一等座车厢和二等座车厢相连的通道上停了下来。

他抬起头，眯起双眼。

脑海中回忆着亚细亚号的设计图，毫无偏差地"透视"出藏身于车顶嵌板内看不见的地方。

在嵌板里有无数蜿蜒曲折的细管。

濑户的目光顺着复杂的管道看去，突然定格在头顶的某一点上。

没错，就是这里了。

濑户的唇畔浮起一丝微笑，转了转挂在小臂的手杖。

在新京事务所上班时，濑户总是随身携带一根时髦的藤质细手杖。它看起来华而不实，徒有其表，实际上却装着钢质的内芯，是件得心应手的防身武器。当然，如果不小心打到了人或物品就会立刻穿帮，但是对于濑户而言，维持这种程度的演技所需要的注意力，根本不费吹灰之力。

之所以想到这个作战计划，是因为刚才那个男孩子的一番话。

"亚细亚"是东亚第一辆所有车厢安装冷暖空调的特快列车。

空调采用的是蒸汽喷射式制冷法。

这项由美国开利工程公司研发的技术，从火车头传送而来的蒸汽进入"蒸汽喷射器"，通过降低内置的水压气化降温，从而提供冷气。

关键在于每个车厢和包厢都配备了这种"蒸汽喷射器"。

虽说可以照顾到乘客的数量和穿衣等细微之处，也正因为如此，前些天才会发生了奇怪的故障。

在整辆列车之中，只有一等特别包厢的空调发生了故障。

这个一等特别包厢位于一等座车厢之中，是亚细亚号中唯一的包厢，额定四人，但通常只坐两个人。

那日，包厢里坐着关东军的"大人物"，带着在"新京"某处演出的年轻艺伎同行，就是所谓的"微服之旅"。空调出现故障后，封闭的包厢立刻变成了桑拿房。二人忍不住离开包厢，却发现其他乘客像平日一样，开心地吹着空调。可不巧的是，几个同僚的太太们也坐在一等座车厢中，正好看到两人从包厢中大汗淋漓出来的样子。

关东军这位大人物羞红了脸，暑热与怒火交加，于是喊来了列车长，高声大骂起来。

——赶紧给我想办法！这破车算什么亚洲特快，分明是非洲特快！

这位大人物五短身材，袒胸露乳，秃头上汗如雨下。

一直忍着笑的一等座乘客们闻言不禁哄堂大笑。车厢内立刻炸开了锅，笑声久久不散。最后，这件事登上了"满洲"的大小报刊。

男孩的话提醒了濑户。

杀害莫罗佐夫的凶手如今还在这趟列车上。

可疑之处就在于那名从过道离开，和莫罗佐夫擦身而过的黑衣人。那个黑影自从进了一等特别包厢就再也没有出来过。包厢前的过道上还残留着特别的烟草味儿，大概是俄国人……

其他的就不知道了。

既然如此，只好靠"桑拿房"让他们现身了。

濑户盯着天花板上的一点，再次眯起了双眼。

他已经将亚细亚号的设计图熟记于心。对于间谍而言，事先调查接头地点、建筑物构造及周围情况是基本功——这可是保命的前提条件。无论接头地点是建筑物还是交通工具，都需要事无巨细调查一遍。

哪怕他希望亚细亚号停车，也可以办得到。但是，闹出太大的动静对自己以后开展间谍活动十分不利。也许还会正中敌人的下怀。

一等特别包厢专用的"蒸汽喷射器"安装在车厢过道的天花板中，被濑户画上了隐形的记号。

不需要制造大型事故，只要让喷器口稍稍偏移一点儿，原本应该冷却的高温蒸汽反而会被加热。二十分钟不到，狭窄的包厢内就会升温到难以忍受的地步。

只需要对天花板的某个位置毫无偏差地刺穿式攻击。

这和击剑的窍诀毫无二致。

濑户环顾四周，确认周围没有任何人。

他把手杖转了半圈，让手杖大头朝下，在面前竖立。

礼。

如同击剑比赛开始的信号。

濑户凝神静气。

蓄力的手杖正准备一气呵成地刺出去，突然背后传来"嘎吱"一声，列车长室的门开了。

濑户不禁紧皱眉头，轻声咋舌。

他回头一看，黑色制服、黑色帽子的列车长扶着门，大惊失色地看着自己。列车长的黑色双重翻领上系了蝴蝶领结。为了"营造国际气氛"，亚细亚号的列车长和餐车那些俄罗斯少女一样，首次采用了"欧美风"的制服。

濑户移开了瞄准天花板的手杖，转了半圈恢复原状。

"您在做什么？"

列车长迷惑不解地边说边走向濑户。

"请您出示车票。"

说着，他伸出戴着白手套的手。

濑户轻轻耸了耸肩，从西装的内置口袋中拿出了装有车票的信封。这是按照正规程序购买的车票。查不出任何重要信息——

列车长从濑户手上接过信封，正打算打开，忽然愣在当场。

他把拿着信封的手慢慢举到面前。

细小的针刺入了制服袖口与白色皮手套间的皮肤中。

列车长抬起头，难以置信地看着濑户。

一直被黑色帽子挡住的脸暴露在光线下。圆睁的双眼中是浅灰色的瞳仁。

"不可能……为什么你……"

他吃力地说着。

眼珠一翻。

这位身穿列车长制服的苏联暗杀者，犹如断了线的木偶一般颓然倒地。

5

按照原计划，濑户礼二乘坐满铁特快亚细亚号，抵达奉天站后下车。

他在站台上走着走着，看到那些孩子透过车窗，向自己招手。濑户笑着对他们招了招手。可惜车窗没有打开，听不到彼此的声音。

在餐车上认识的这三个孩子目的地是大连。

距离大连还有五个小时的车程。

看来他们又要继续忍耐这段无聊的旅程了。

想到这里,濑户露出了一丝苦笑。

不过,等他们抵达大连,就不会那么无聊了吧。

列车从奉天出发,在到达终点大连前还有两站。其间,如果列车长迟迟没有现身,一定有人会察觉出异样。每个经停站点都有铁路通信装置。待亚细亚号抵达大连,就会有一队警察上车。发现尸体之后,所有乘客在录取口供前应该都无法离开。这会成为孩子们千载难逢的经历——

届时,他们会发现两具尸体。

一具是苏联驻"满洲"使馆二等书记官安东·莫罗佐夫。另一具则是亚细亚号真正的列车长。

真正的列车长在列车长室中遇害身亡。

当身后传来列车长室的门被打开的声音时,濑户就是为此皱眉咋舌的。

濑户预测到苏联间谍——SMERSH 的暗杀者——会乔装打扮成列车长。但是,令人出乎意料的是杀手为了得到真正的列车长制服,杀害了列车长,并潜伏在列车长室内。毫无疑问,这是为了除掉莫罗佐夫,让列车长的伪装派上用场。

最初让濑户感到疑惑的是,他在莫罗佐夫颈后发现针孔的时候。

从"新京"坐上亚细亚号的时候,莫罗佐夫非常惊慌失措,自知因背叛了祖国将要受到惩罚。关于 SMERSH 的传闻,肯定也有机会传到身为领事馆二等书记官的他的耳中。毫无疑问,莫罗佐夫的惊慌失措正是来自 SMERSH 的暗杀威胁。

尽管如此。莫罗佐夫的伤口却位于颈后。也就是说,他让某人从身后靠近了自己。接头地点是盥洗室，角度各异的三面镜子正对着门的方向，不存在任何死角。倘若镜子中映出可疑人物，应该能引起莫罗佐夫的警觉才是。

另一方面，和莫罗佐夫擦身而过、回到一等特别包厢的乘客，穿了一身不合时宜的黑色服装，头上的鸭舌帽压得很低，还用外套的立领挡住了脸。一眼看去就是个可疑人物。

如果这个人就是SMERSH的杀手，莫罗佐夫不会让他从背后接近自己。

因此，杀害莫罗佐夫的人不是一等特别包厢的乘客，而是另有其人。

想到这里，濑户给餐车里认识的三个孩子布置了一个任务。

寻找杀害莫罗佐夫的凶手拿走的报纸。

——目标是报纸的日期。

濑户在餐车的白色桌布上方和孩子们凑在一起，小声嘱咐道：

"如果发现有人看的不是今天的报纸，就告诉叔叔。不过，绝对不要让那个人发现你们哦。"

莫罗佐夫拿的报纸上，有一些文字被涂上了特殊的透明墨水。用特定波长的光照上去，文字就会显现出来。这种从报纸上选取文字做成暗号的传统方法相当费时。对于莫罗佐夫这个门外汉而言，他不可能用当天的报纸做暗号。应该只有最外面那张是今天的，里面夹着以前发行的报纸。

来餐车的路上，濑户观察过乘客们拿的报纸，却没有发现目标人物。在车厢反复搜未免惹人怀疑，又不能全凭瞎猫碰到死耗子撞大运。

不过，如果是坐车坐得无聊的孩子们，就可以在车厢里跑来跑去。跑多少次都没有问题。

三个孩子出色地完成了任务。

他们发现坐在三等座车厢的俄罗斯男子，拿着一张旧报纸看得津津有味。濑户还从孩子们的口中得知那名男子的穿着。他穿着白色的衬衣和外套，黑色的裤子。最大的男孩观察得更加仔细，看到了那名男子的黑色上衣里子。听到这里，濑户已经确定暗杀者是如何接近莫罗佐夫的了。

在行驶中的亚细亚号上，身穿黑色双重翻领系有蝴蝶领结，戴白色皮手套，头顶压低的黑色帽子，并且用日语打招呼的人，任谁都会觉得这是列车长。暗杀者趁莫罗佐夫一时大意，从后面刺入了毒针。

但是，和餐车上的女服务员不同，亚细亚号的列车长都是日本人。在众多日本乘客中，俄罗斯杀手日语再怎么流利，也伪装不了太久。暗杀地点只能选在车厢之间的通道或是盥洗室中。化身列车长的杀手极有可能一直潜身洗手间，等待莫罗佐夫出现。

杀害莫罗佐夫后，杀手必须立刻变装成乘客。为此，他才会反穿外套，把蝴蝶领结、白色皮手套和带有满铁标记的帽子塞入外套中，若无其事地回到车厢。

"披着羊皮的未必都是羊。"

这是间谍这行的老生常谈了。

在莫罗佐夫之前遭到杀害的另外两个线人，一个在餐厅吃饭时倒地不起，另一个死在自家门前。恐怕暗杀者是伪装成侍者和快递员接近他们的吧。很少有人怀疑身穿制服的人。暗杀者变装成"透明人"接近背叛祖国的"犹大"们，将他们一一铲除。杀手甚至每次都留下炫耀杀人行径的塔罗牌，都没有招致怀疑。

从某种意义上而言，他太成功了。

骄兵必败。

SMERSH 的杀手下意识地如此认为，所以才会循规蹈矩。这恰恰和濑户往日那种"在击剑上从未落败"的傲慢如出一辙。

一般来说，间谍不会重复使用相同的手法超过三次。

第一次重复使用可以当作偶然，第二次就无法以偶然做借口了。

这可是间谍行当的常识。重复三次就会被视为必然。若是被人破解了手法，进而采取防范措施，那么等待你的只有失败一条路。

参透了这些，剩下的问题自然迎刃而解。

在一等特别包厢中闭门不出的奇怪的黑衣乘客，恐怕就是女扮男装的俄罗斯舞女。在这次交易前，濑户对莫罗佐夫又做了一次彻底调查，发现他对那名俄罗斯舞女非常着迷。正是因为这位舞女，莫罗佐夫才成为濑户的线人。莫罗佐夫打算用苏联内部的绝密情报换得巨款，带着心上人从大连经由日本逃亡到美国。

苏联杀手在洗手间窥探到莫罗佐夫和女扮男装的舞女聊天的情形，趁莫罗佐夫落单时，装成列车长和他搭话……

除掉莫罗佐夫这个"背叛祖国的犹大"后，暗杀者发现自己还能完成另一项任务。

那就是在亚细亚号上杀死从莫罗佐夫手中得到情报的日本间谍。

虽然那个舞女是个外行，但装扮也太奇怪了。苏联暗杀者见状，决定反过来利用这一点。

对于间谍而言，佯动是一种习性。

明修栈道，暗度陈仓。

现在，日本间谍的注意力应该都集中在那个可疑人物身上了。趁机从背后靠近，用毒针一击致命——如探囊取物般轻而易举。

而且，对于苏联暗杀者而言，还有一个有利条件。

最近，"满洲"的所有报纸都刊登了亚细亚号一等特别包厢的趣闻。那个包厢的空调设备发生故障，空调房变成了桑拿房。这件事人尽皆知，日本间谍应该也知道才是。那个日本间谍一定会在一等特别包厢专用的空调装置上动手脚，逼迫包厢中的乘客现身，进而确认身份。

为此，只要在车厢过道天花板上的管道喷嘴上稍动手脚即可。等日本间谍实施破坏时出其不意地痛下杀手——

"成功"即险途。不知不觉之中，他又开始自负了。

事先被对方知晓自己的招数，是无法在拥有同样技巧的对手面前取胜的。

对于这个"三次成功形成定式"的对手，将计就计易如反掌。

夺走亚细亚号列车长制服并伪装的苏联间谍，把正要破坏空调装置的濑户逮个正着，要求其出示车票。这是十分正常的。人们对身穿制服的人的一言一行容易放松警惕。暗杀者打算在还车票的时候给濑户致命一击，却被濑户抓住机会，在递出信封时刺杀了对方。

——假设对方拥有和自己相同的技巧，一定要考虑如何先发制人。

濑户只是把在D机关学到的知识活学活用了而已。

濑户在站台上停下脚步，从口袋中小心翼翼地取出暗杀者藏起来的东西。

那是一根可藏于指缝之中、带针的小吸管。管壁柔软，把针刺入目标后，轻轻用力就可以把吸管中的液体注入目标……

濑户也有一个几乎一模一样的东西。

苏联和日本的谍报机关同时开发出同样的道具给本国的间

谍使用。这原本没有什么奇怪的。这种东西——就如同魔术一样——只要有人发明了新手法，那么几乎可以认定全世界有数十人也想到了同样的手法。因此，把开发出的最前沿的科技尽可能小型化是势在必行的。每个国家的想法都如出一辙。

问题在于滴管中的液体。

苏联暗杀者手中的滴管里应该是可以将死因伪装成心脏停搏、难以检测出的毒药。因此，必须回收仔细检验。可是，濑户手中的滴管里——

濑户把瘫倒在地的假列车长——就是那名苏联的暗杀者拖到列车长室，从外面上了锁。

留了活口。

濑户用麻醉药麻翻了他。在到达终点大连之前，杀手都不会醒过来。

苏联秘密谍报机关SMERSH全员身份成谜，犹如罩着一层神秘的面纱，能掌握的情报几乎为零。

这次，SMERSH的其中一员特地前来和自己接触，怎么能放过这个获得情报的机会呢？

在大连上车检查的警察中，会混入D机关的人。他会趁乱抢在其他搜查机关前，控制住SMERSH的暗杀者。不管是当事国苏联或是其他国家的间谍，绝对都不会有所察觉。

"呜呜——"亚细亚号独有的汽笛声在奉天站回荡着。

这是它准备出发的信号。

濑户已经取回莫罗佐夫死前所拿的报纸。这个让莫罗佐夫断送性命的苏联情报，他已经通过解读暗号解开了。对于濑户而言，即使手中没有密码本，也能轻易破译……

亚细亚号慢慢驶出站台。

十分准时。

濑户抬起头,看到那三个孩子紧紧贴着亚细亚号的车窗玻璃看着濑户,生怕错过他的一举一动,屏气凝神、目不转睛地盯着他。

濑户不由得扑哧一下笑了起来。

孩子们出色地完成了濑户布置的任务,找到了埋头看旧报纸的乘客。濑户按照约定,揭开了那个谜题的谜底。

——比"亚细亚"更快的是"白鸽"。

孩子们听到这个答案后,愣了一下,立刻气鼓鼓地表示不服。

"什么嘛!这算什么答案啊!"

"大叔,你没听到我哥的话吗?"

"白鸽号还没有燕子号快呢!亚细亚号的平均时速比燕子号还快十五公里以上呢。它们仨不是白鸽号最慢吗?"

濑户摊摊两手,止住了抗议声。随后,他又招招手,让孩子们凑过来。

"此'鸽'非彼'鸽'哟。你们看。"

他小声说着,慢慢打开了挡在胸前的双手。

孩子们挤成一团,向濑户的手中看了过去,"啊"的一声喊了出来。

濑户竖起手指,要孩子们安静下来。

"谜底就是信鸽。"

说着,鸽子就在孩子们的面前消失了。濑户穿的正是带有柔软的口袋,能够装运鸽子的鸽用外套。这个魔术并不复杂。

孩子们仿佛成了被豆子打了的鸽子一样,看得目瞪口呆。

信鸽飞行的平均时速是六十公里。

平均时速超过八十公里的亚细亚号通常跑得更快。

不过，濑户的问题是"如果在下一站奉天站下车，比你们更快把信送到大连，该怎么做呢？"

在顺风的情况下，受过训练的信鸽飞行平均时速超过一百公里，有时可达到一百五十公里。这个季节算上风速的话，就可以得出从奉天到达大连，信鸽更快抵达的结论。

作为"被陆军嫌弃"的D机关，在成立之初不仅没有足够的预算，连使用的建筑都是用废弃的旧鸽舍改建而成的。

旧鸽舍。

这里曾经用于饲育研究军用信鸽。成为D机关的活动据点后，曾经在此养育的信鸽们飞了回来。结城中佐禁止学员们驱赶信鸽，命令他们把饲育信鸽当成训练任务。

被日军当成"没有显著成效"而放弃的信鸽们，出人意料地活跃在欧洲战场上。随着监听盗取电信通信技术的进步，反而增加了使用信鸽的机会。德国进攻法国时，先下达了"饲育信鸽者格杀勿论"的禁令。可见他们有多担心信鸽会泄露情报。

在结城中佐的指示下，D机关开始饲养鸽子，把它们训练成信鸽，在世界各地也秘密修建了许多饲育基地。

"满洲"是个遍布间谍和阴谋的地方。

以所有电信通信都会被监听为前提。

暂且不提其他国家的间谍，单说要抢在"满洲"各色搜查机关之前，控制住晕倒在亚细亚号列车长室的苏联暗杀者，就需要特殊的通信手段。

比如，信鸽。

濑户站在准备出站的亚细亚号一旁，取出藏在外套口袋中的信鸽，让它站在手指上。

孩子们贴在车窗上的小脸不约而同地泛上红晕。即便隔着双层玻璃，也能想象到他们的欢呼声。

濑户把信鸽举到面前，确认它的状态。

它刚刚吃饱喝足。绑在腿上的信筒是最新型号，对它不会造成太大负担。羽毛顺滑，颜色明亮。

濑户想起了某个场景。

前几天，他临时要去看看鸽子们的情况，刚转过建筑物的一角便站住了。

鸽舍前的空地上有人。

那人是个瘦高个，右手戴着白色皮手套，用拐杖支撑着倾斜的身体——

是结城中佐！

神出鬼没的他忽然现身，背对濑户而立，仿佛在眺望令人愉悦的天空。

可是，他为什么会在这儿呢？

濑户满腹疑惑，顺着结城中佐的视线望向天空。

在辽阔的天空中，有一个小小的物体正在飞行。

是信鸽。

恰巧有一只携带情报的信鸽飞回来了。它一路上不吃不喝，带着百公里以外的人托付的任务飞上天空，路上形只影单，完成危险的旅途飞回来了。大部分的信鸽在回来的时候，都会形容消瘦，有时还会受重伤……

结城中佐伸出胳膊，把手举过头顶。

信鸽立刻从天而降。

扇动翅膀减速飞行的信鸽落在了结城中佐的手指上。宛若——

濑户摇摇头，唇畔绽放出一丝苦笑。

信鸽就是信鸽。除此之外没有其他真相了。说起来——

濑户马上想起另外一件事，不禁眉头紧皱。

毫无疑问，结城中佐十分优秀，优秀到让这群极其自负、不甘人后的学员咋舌的地步。在结城中佐的率领下，D机关的情报收集能力也凌驾于他国的谍报机关之上。

问题在于D机关得到情报之后。

最近，濑户总觉得自己千辛万苦搜集的情报没有发挥其应有的作用。"满洲"的局势仍处于单方面的恶化中。

比起搜集情报，如何利用到手的情报更加困难。

可以想象得到结城中佐在思想顽固的陆军高层中孤军奋战却收效甚微的情形。间谍活跃在和平时代，一旦开战就失去了存在的意义……

濑户耸了耸肩。

唉，能有什么办法呢。只能尽力而为了。

站在手指上的信鸽歪着脑袋，盯着濑户。

他伸出手，高举过头顶。

——飞吧!

随着濑户的指示，信鸽扇动有力的翅膀，向着晴朗的夏日天空振翅高飞。

LAST WALTZ
© Koji YANAGI 2016
First published in Japan in 2016 by KADOKAWA CORPORATION, Tokyo.
Chinese translation rights arranged with KADOKAWA CORPORATION, Tokyo
through JAPAN UNI AGENCY, INC., Tokyo
Simplified Chinese edition copyright: 2020 New Star Press Co., Ltd.
All rights reserved.
著作版权合同登记号：01−2019−4024

图书在版编目（CIP）数据

代号D机关．第四部／（日）柳广司著；樱庭译．－－北京：新星出版社，2020.4
ISBN 978−7−5133−3820−2

Ⅰ.①代… Ⅱ.①柳… ②樱… Ⅲ.①间谍小说−小说集−日本−现代 Ⅳ.①I313.45

中国版本图书馆CIP数据核字（2019）第273965号

午夜文库
谢刚 主持

代号D机关 第四部

［日］柳广司 著；樱 庭 译

责任编辑：王　萌
责任校对：刘　义
责任印制：李珊珊
装帧设计：broussaille私制

出版发行：新星出版社
出 版 人：马汝军
社　　址：北京市西城区车公庄大街丙3号楼　　100044
网　　址：www.newstarpress.com
电　　话：010-88310888
传　　真：010-65270449
法律顾问：北京市岳成律师事务所

读者服务：010-88310811　　service@newstarpress.com
邮购地址：北京市西城区车公庄大街丙3号楼　　100044

印　　刷：三河兴达印务有限公司
开　　本：910mm×1230mm　　1/32
印　　张：6.25
字　　数：100千字
版　　次：2020年4月第一版　　2020年4月第一次印刷
书　　号：ISBN 978-7-5133-3820-2
定　　价：42.00元

版权专有，侵权必究；如有质量问题，请与印刷厂联系调换。